徳間文庫

# 青春共和国

赤川次郎

JN163290

徳間書店

# 目次

# 青春共和国

# プロローグ

「ねえ英子《ひでこ》、夏休み、私と一緒に共和国に行く気ない？」

クラスメイトの正美《まさみ》にそう言われた時、三神英子《みかみひでこ》は何のことかわからず、クリームソーダのストローから口をはなして目をパチクリさせた。

「共和国って……どこのこと？　中華人民共和国？」

ついこの間の新聞で、近々中国への旅行が楽になるという記事を読んだばかりなので、ついそう言ったのだが、正美の方がびっくりして、

「まさかそんな所に！　私の言ってるのは〈青春共和国〉のこと」

「ああ……」

と英子はうなずいた。「新聞で広告見たわ」

「私もそれで面白そうだなって思ってね、問い合わせてみたの。そしたらすぐにパンフレットを送ってくれて……」

「何か集団のキャンプみたいなものなんでしょう?」

「ただのキャンプじゃないのよ。島を一つ買い取ってあるの。そこで共同生活をして、若者たちの独立心を養おうっていうわけなのよ」

まるで広告のＰＲ《ピーアール》を受け売りしているような言い方だ。

「何人かのグループで参加しなきゃいけないの?」

「そういうわけじゃないけど……。ただ一人じゃ心細いしね」

「そう……」

三神英子はちょっとあいまいに言って目を伏せた。――十六歳の高校一年生。木村《きむら》正美《まさみ》とは中学からの友人である。たまたま同じ私立のK女子学院を受けて仲良く合格。高校生活で初めて迎える夏休みはもう一月《ひとつき》先に迫っていた。

常に何でも先に立って行動するタイプの英子に比べ、正美は何をやるにも誰か仲間がいないとできないタイプ。正反対ながら気の合う二人は、よく一緒にハイキングや旅行もした。正美が英子をあてにしたのも当然といえば当然なのだが……。

「ほら見て。泊まるのはこの建物なのよ。新しくてきれいでしょう?　テニスコートもあるし、海水プールもあるし。――それで、別に高いお金を取るわけじゃないの。交通費以外は全部向こう持ち」

まるでセールスマンにでもなったように、正美が、カラー写真の入ったパンフレットを取り出して説得する。英子は肩へかかる長い髪をかき上げると、熱心に聞いているふりをしたが、本当はどう言って断ろうかと考えていたのだ。

英子にしても島でのキャンプとなれば興味がないわけではないのだが……。

「楽しそうね。でもね、だめなのよ、私」

「あら」

正美ががっかりした表情になる。

「先約があるの。ごめんね」

「そう……」

「誰か他に誘《さそ》ってみたら？」

とは言ったものの、英子も、正美にそんな友人がいないことはわかっている。すまないとは思うのだが、仕方ない。

「じゃそうするわ……」

と元気のない声で言って、正美はパーラーを出て行った。ほとんど入れ違いに入って来たのは、白のスポーツシャツを着た十八、九の若者で、肩からカメラをぶら下げている。英子を見つけてニヤリとすると、向かいの席に座った。

「待たせちゃったね」

と言ってから、テーブルに置いたのは――

「あら、それ〈青春共和国〉のパンフレットじゃないの！」

と英子は言った。

「何だ、青春共和国のことを知ってるのかい？」

カメラを持った若者が英子の顔を見た。

「ええ……。ちょっと、ね」

たった今、正美から誘われたばかりではないか。

「そう。いや友だちで行く奴がいてね。誘われたんだ」

「行くの？」

「いいや。だって北海道へ行くってプランを立てたばかりじゃないか。――あ、コーヒーね！」

若者の名は成瀬純夫《なるせすみお》。高校を出て写真の専門学校に通っている。カメラマンの卵だ。目下のところ、英子のボーイフレンドのナンバー・ワンである。

実は、正美の誘いを断ったのは、夏休みにこの純夫と北海道を歩くことにしていたからで……といっても、二人きりではない。お互い気心の知れた仲間をつれて、男女各三名。合計六名の旅になるはずだ。

「どうだい君の方は？　親父《おやじ》さんのＯＫは取れたの？」

「もちろんよ！　何しろ信用がありますからね」

「腕力にかい？　襲われてもやっつけちまうくらいの――」

「失礼ねえ！　あなたのことを、大いに誠実でまじめな人だって、うんと吹き込んであるんだから、その通りに振るまってよ」

「心配するな、って。――手配はこっちですますからね」

コーヒーが来て、純夫は落ち着いた様子でカップを手に取った。

「そこのこと、よく知ってるの？」

英子が訊《き》くと、純夫は、

「北海道のことなら任しとけって！　今までに五回も行ってるんだ」

と胸をはった。

「違うのよ、共和国のこと」

「え？――ああ、なんだ。そのことか。あんまりよくは知らないけど、噂《うわさ》くらいは聞いてるよ」

「いえ、友だちが行きたい、って言ってるんだけど、気の弱い子だから、大丈夫かと思って」

「共和国が島開きをしてすぐに行って来た奴がいるんだけど、そいつの話じゃ管理も行き届いていて、テニスコートもすぐ使える状態だったそうだよ」

「それなら安心ね」

英子は何となくホッとする思いだった。

「ただね……」

と純夫は付け加えた。

「一つ、どうも妙なことがある」

「何なの？」

「一体あれを誰が作ったのか、よくわからないんだ」

「まあ！　だって――」

「あんな島一つを買い取って、あれだけの施設を作るには大変な費用がかかるだろう。それがどこから出たのかわからないんだよ」

「どういうことなのかしら？」

「さあね。どこかの大金持の道楽かもしれない」

と純夫は首を振った。

「まさかインチキってことはないと思うけどね」

「そりゃそうでしょうね」

自分が行かないと言ったから、正美もきっと共和国行きをやめるだろう、と英子は考えていた。正美はとても一人で旅に出るような娘ではない。

英子は少し気にはなったが、ともかく今は自分の北海道行きのプランに夢中になっていた。まさか――まさか、この〈青春共和国〉をめぐっての冒険が自分を待ちうけているとは、英子は夢にも思っていなかった……。

# 第一章　夢の設計図

## 1　親友の死の謎

「正美がどうしたって？」

英子は旅行鞄《かばん》をまだ右手にさげたまま、玄関の上がり口に立ちすくんだ。

「亡くなったのよ」

という母の言葉が、しばらく頭に入らない。――亡くなった？　亡くなったって……どういう意味なんだろう？

「正美が……死んだの？」

「そうなのよ。事故でね」

英子の母、三神恭子《きょうこ》は静かにうなずくと、「ともかく入りなさいよ。カバンを置いて」

「うん……」

英子は呆然として、なかば機械的に居間へ入り、ソファに座った。北海道の旅から、たった今、戻ったところである。

「ただいま！」

と元気よく玄関に入ってみると、出て来た母の様子がおかしい。

「英子、あのね、びっくりしちゃいけないよ……」

そして正美の死を知らされたというわけなのだ。

「事故って——一体どうして？」

まだ、正美の死が実感できないままに、英子は訊いた。

「それがね、正美さん、何とか共和国って所へ行ってたのよ」

「青春共和国？」

「そうそう。どこだかの島ね」

と恭子はうなずいた。「そこの崖《がけ》から足を滑《すべ》らせて落ちたんですって」

英子は胸の痛むのを感じた。正美に、一緒に行こうと誘《さそ》われた時、アッサリ断ってしまったことを思い出して、後悔の念に駆られた。自分がついていたら、そんなことには……。

「でも、島にそんな危い所があるなんて。向こうの不注意じゃないの！」と腹立たしげに言うと、

「でもね、崖の手前に〈危険〉の札があったんだってさ。それを知ってて崖に近寄ったっていうから、正美さんの責任になるわよ」

「正美が？　自分で崖っぷちに？」

そんな馬鹿な！——思わずそう叫ぶところだった。

正美は大変な高所恐怖症だったのだ。何しろ四階建ての校舎の屋上にだっていやがって出なかったほどで、教室の窓から英子がぐっと身を乗り出しただけでも、

「英子！　やめなさいよ。ね、やめてよ！」

と本気で心配していた。その正美が自分から、危険な崖っぷちに近付くなんて、とても考えられない。

「いつのことなの？」

「先週の……木曜だったかねえ。この間の日曜にお葬式があったのよ」

「どうして知らせてくれないのよ！」

「そんなこと言ったって……お前、どこにいるか、さっぱり分らないじゃないの。電

話もかけてよこさないし。新聞にも出たんだよ。気が付かなかったのかい？」

そう言われると、英子の方も何とも口答えのしようがない。母の言う通りなのである。

「新聞なんか、全然見てないもの」

と言って、

「せめて今からでも、お線香をあげてくるわ」

と立ち上がった。

「そうだねえ。そうしてあげなさい」

そこへ電話が鳴って、取り上げた恭子が、「――ちょっとお待ちを。英子、成瀬君よ」

気の進まないままに受話器を取ると、純夫の威勢のいい声が飛び出して来た。

「おい、もう着いたのか！　あのな、君のバッグに入れさせてもらったフィルムをそのまま――おい、どうしたんだ？」

「正美が――正美が死んだのよ」

英子は急に涙がこみ上げて来て、どうしても止められなかった。

「大丈夫かい？」

純夫が心配そうに英子の顔をのぞき込んだ。

「うん……」

英子はうなずいて、泣きはらした目を手の甲でぬぐうと、「暑いわね。どこか、喫茶店に入りましょうよ」

と言って、太陽のまぶしさで、涙をごまかすように、目をしばたたいた。――今、英子は正美の遺影に手を合わせて来たところである。

二人は、大通りへ出ると、手近な喫茶店へ入った。八月も末だが、まだ暑さは我もの顔でのさばって、冷房のきいた店へ入ると思わずホッと息をつく。

「気の毒なことしたなあ」

アイスコーヒーの氷をストローで突っつきながら、純夫が言った。

「親友だったんだろ？」

「そうね……」

英子はちょっと考えて、「ともかく、引っ込み思案でね、友だちのあまりいない子だったの。だから、いつも私のことを頼りにしててね……。最後についていてあげられなかったのが申し訳なくって」

「君に責任があるわけじゃないんだ。悲しいのは分るけど、自分が悪かったみたいに思っちゃだめだよ」

「ええ、分ってるわ」

英子は一気にアイスコーヒーを飲みほして息をつくと、「――あ、あなたのフィルム」

と紙袋をバッグから取り出した。

「やあ憶《おぼ》えててくれたのか、助かったよ」

「当たり前よ。そこまで取り乱しちゃいないわ」

「それでこそ三神英子だよ」

と純夫がニヤリとした。

「あれだけ泣いたから、もう大丈夫」

と英子も微笑《ほほえ》んで見せる。

「本当に、君が泣くのを見たの、初めてだなあ」

「あら、まるで私が血も涙もないみたいじゃないの」

「いや、そうじゃないけど――」

「ちょっと行きたい所があるの。付き合ってくれる？」

「いいよ。どこだい?」

「ええと……」

英子はメモを取り出し、「〈津川《つがわ》ルミ子美容教室〉」

「何だ、美容体操を始めるの?」

「失礼ね!」

と英子は純夫をにらんだ。

「だって、それじゃ――」

「ここの娘さんと、正美が一緒に共和国へ行ったのよ。だから会って訊いてみたいの。事故の様子を」

「どうしてそんなことを?」

「どうしても腑《ふ》に落ちないことがあるのよ」

と英子は、正美が高所恐怖症だったことを説明した。純夫も首をかしげて、「なるほど、そいつは妙だね」

「そうでしょう? だから話を訊こうと思って。――出かけましょう」

陽《ひ》はやっと傾きかけていたが、暑さはまだ大気を煮えくり返らせんばかりだった。

二人は汗をふきふき、英子が正美の母に聞いて来た住所を頼りに、その美容教室を捜し歩いた。純夫の方はTシャツにジーパンのスタイル——それにいつもながら肩から一眼レフをさげている——だからまだしも、英子は正美の仏前に焼香するというので、薄手ながら紺のワンピースを着こんでいるから、暑さで真っ赤になってしまう。

やっと捜し当てたのは、一見美容院かと思うような白塗りの建物で、ガラスの扉を押して中へ入ると、美容師風の白い服を着た中年の、いやに化粧の濃い女性が受付のカウンターの奥に座っていた。

「いらっしゃい。何のご用？」

とその女性が愛想よく言った。

「あの……」

英子は恐る恐る言った。「津川浩美《ひろみ》さん、いらっしゃいますか？」

「あら、浩美にご用？」

受付の奥の女性は気さくな口調になって、「私、浩美の母よ。あなたは？」

「あの……三神英子といいます」

「浩美のお友だち？」

「ええ……まあ……」

と英子があいまいにうなずく。むろん本当のところは、津川浩美という娘とはまるで面識もない。正美の両親も、どんな娘だか知らないとのことだった。一緒に共和国へ出かけたくらいだから、かなり親しい仲だったのだろうが、それにしては、正美がその娘のことを英子に話したこともなかったというのはちょっと妙であった。

「待ってね、今呼ぶから」

と津川ルミ子が奥へ入って行くと、英子は純夫の方を振り向いた。純夫はわきの窓のような所をのぞき込んでいる。

「何してるの？」

「ん？　見えるんだよ。トレーニング風景がね」

英子も一緒になってのぞいてみると、ガラス窓越しに体育館みたいな広い部屋で、タイツ姿のおばさんたちが横になったり転がったり、足をバタつかせたりしているのがよく見える。

「こいつはいいや」

と純夫は早速カメラを構えて、たて続けに数回、シャッターを切った。

「やめなさいよ、悪いわ」

と英子が止めていると、

「僕に用なの？」

と声がした。見ると、英子と同じぐらいの年齢の、童顔の少年が立っている。

「あの……私、浩美さんに会いたいんだけど」

と英子が言うと、少年は肩をすくめて、

「僕が浩美だよ」

と言った。英子と純夫は思わず顔を見合わせた。——浩美。確かに男の名にもないことはない。それにしても……。

「あなた、木村正美っていう子と一緒に青春共和国へ行った？」

英子がそう言うと、相手は急にあわてて奥の方の様子をうかがい、

「ちょ、ちょっと、外へ出ようよ」

と急いでサンダルをつっかけながら、英子たちを促した。


「それじゃ、あなたは正美さんのことを男の子だと言って——」

「そうなんだよ。仕方なかったんだ。女の子と一緒だなんて分ったらママが許しちゃくれないからね」

美容教室に近いパーラーへ入って津川浩美から事情を聞き、英子は面喰《めんくら》ってしまった。浩美と正美。——どっちも男でも女でも通じる名前には違いない。

「じゃ、あなたと正美とは――」

「全然知らないよ。いや――知らなかったんだ。申し込みに行って、たまたま知り合ったのさ。あれは一人じゃ申し込めないんだ。二人以上なんだよ。それで僕もあの子も一人きりで困ってると分ったんで、一緒に申し込むことにしたのさ」

そう言ってから、津川浩美は心配そうに、「頼むから、このこと、内緒にしといてくれよ。ね」

「いいわ。でもそのかわり、正美が事故にあったときのことを聞かせてちょうだい」

「それは……よく知らないんだ」

と少年は頭をかいた。

「だって一緒に行ったんでしょ？」

「一緒っていっても書類の上だけさ。向こうじゃ男女は別々の建物に泊まるんだし……あいつに訊いてみればいいじゃないか」

「あいつ？」

「彼女の恋人さ」

英子はまた目を丸くすることになった。

「何が何だか、さっぱり分んない」

英子が、サジを投げた、といった格好で言った。「女の子が男の子だったり、恋人が突然現れたり、どうなっちゃってるの?」

「そうぼやくなよ」

純夫が笑いながら、「どんなにおとなしい子だって恋はするさ」

「そりゃ分ってるけど……」

と英子は不服げに、「どうして私にひとことも言わなかったのかしら」

「島で知り合ったんだろう」

「そうだとしたら、たった二週間で、はた目にも分るほど親しくなったって言うの? 正美に限ってそんなこと絶対にないわ」

二人は、やっと暮れた道を、英子の家へ向かって歩いていた。——意外なことの連続で、英子は暑さもそう気にならなくなっていた。

「そいつはどうかな」

純夫が首を振って、「旅先——それも若者たちばかりの孤島だぜ。女の子なら、ついロマンチックな気分になって、たまたま出会った男に一目ぼれってこともあるぜ」

「それにしたって……」

と英子はまだ納得できない。「相手の名前も分らないいんじゃねえ」

「何か調べようがあるだろう」

「考えてみるわ」

「でもさ、調べてどうするんだ?」

英子はちょっとの間、答えなかった。

「分らないわ。ただ、何だかとっても気にかかるの。正美が、あんな死に方をしたのがね。——いえ、別に、私のせいだとかいうんじゃなくて……何て言うのかな……正美って、ほんとにおとなしい、目立たない、内気な子だったのよ。それがあんな風に事故で死ぬなんて……。私みたいなお転婆《てんば》が事故にあうなら分るけど」

「おい、よせよ」

「ごめんなさいね。でもね、本当に、そう思うの。正美があんな目にあうなんて、変よ。許せないわ」

「何となく分るよ」

と純夫はうなずいた。

「——もうここでいいわ。じゃ、また電話して」

「ああ、写真ができたら連絡するよ」

「美人に写ってるのだけ持って来てよ」

そう言って英子は笑顔になった。

純夫と別れて、英子は一人、夜の道を歩いて行った。家まではほんの二、三分だ。昼間の暑さも、やっといくらか和《なご》んだようで、暗くなるのがひところに比べ、ずいぶん早くなっているのも、夏がそろそろ終りに近いことを感じさせる。

英子の家のあたりは住宅地で、街灯があって暗くはないが、人通りは少ない。街灯の光に小さな虫が群がっていた。

家の玄関が見える所まで来た時、英子は背後に足音を聞いた。駆け寄って来るような足音だ。今まで全く聞こえなかったのは、どこか、物陰に潜んで待ち構えていたのだろうか。

英子は緊張して振り向いた。

相手はまだそう近付いてはいなかった。五、六メートルの所まで来て、英子が振り向いたので、ピタリと足を止めた。二十二、三歳の青年だ。

「誰？」

と英子が声をかけた時だった。突然、自動車のライトが英子の背後から近付いたと思うと、エンジンが唸《うな》りをたてて、英子のわきをすり抜けるように、車が飛び出した。アッという間もなく、目の前にいた青年の体が空中にはね上げられる。英子が我に返った時は、車のテールランプはずっとかなたに遠ざかり、路上には青年がぐったりと倒れていた。

## 2　殺人者の手

英子はしばらくポカンとして突っ立っていた。目の前で、事件があまりに素早く起こったので、一体何がどうなったのか分らなかったのだ。

しかし、ともかく道路に若者が倒れているのは事実だ。車にはねられた――そう、はねられたのだった！

「ええと……どうすればいいのかなあ、こういう時は……電話だわ！　電話するんだ！　一一七――は時報だったっけ。ええと……電話は……公衆電話はどこだっけ」

とオロオロしていたが、やがて、ハッと思い当たった。「そうだわ。家からかければいいんだ」

自分の家の玄関が目の前である。

「お、お母さん！　大変よ！」

と大声を上げながら、英子は家へ飛び込んだ。

「何なのよ、一体?」

母親の恭子が急いで玄関へ出て来た。

「車にはねられたの! 家の前で!」

「まあ、お前が?」

「私のわけないでしょ! ともかく消防車を呼んでよ!」

どっちも相当あわてている。

母が一一九番を回すのを見届けて、英子は道路へ戻った。倒れていた若者が苦しそうにうめいて身体《からだ》を動かした。

「大丈夫? しっかりして!」

英子はかけ寄って、若者へ声をかけた。「今、救急車が来るから、じっとしてた方がいいわ」

見たところ大学生ではないらしい。髪を短く切って、きちんとクシを入れてあるのが、勤め人風のイメージである。紺のスポーツシャツにスラックスというスタイルで、なかなかスマートな体つきだ。

若者はちょっと身動きして、苦しげに顔をしかめた。青ざめて、あぶら汗が浮いている。足が骨折しているのが、ひどく痛むようだ。

「動かないで……。すぐに救急車が……」

と英子が言いかけると、若者は目を見開いて英子を見た。

「君は……三神英子君？」

英子はびっくりして、

「ええ！　私を知ってるの？」

「君のことは……聞いた……正美……」

と若者がとぎれとぎれに言う。

「正美？――正美のことをどうして――」

その時、恭子が玄関からサンダルをつっかけて出て来た。

「今、救急車が来ますからね」

若者はスラックスのポケットから何か紙きれを取り出すと、素早く英子の手へ押し込んだ。そして、ウッとうめくと、そのままグタッと倒れてしまう。

「死んじゃったわ！」

と英子は青くなったが、さすがに恭子は落ち着いている。若者の手首を取って脈を調べ、

「大丈夫よ、生きてるわ。気を失っただけ」

英子はホッと胸を撫《な》でおろした。――この人は一体何者だろう？　正美、と言った。正美のことを知っている――。

「そうだわ」

あの美容教室の息子、津川浩美が言っていた〝正美の恋人〟というのが、この若者なのかもしれない。

英子は若者に渡された紙をそっと広げてみた。――島の地図のような絵が書いてある。島の形に英子は見憶《みおぼ》えがあった。正美が見せてくれた〈青春共和国〉のパンフレットに出ていた島だ。

この人は私に会いに来たんだわ、と英子は思った。そして車にはねられた。あの車――突然飛び出して来て、若者をはねて逃げてしまった、あの車は、一体何なのだろう？

救急車のサイレンが近づいて来た。

「ええと……君の名前は？」

刑事があくびしながら、面倒くさそうに手帳を開いた。英子は、

「三神英子です」

と答えながら、もっと真面目《まじめ》にやってほしいわね、と思った。何しろひき逃げ事件の捜査なんだもの。

若者が英子の目の前ではねられた翌日、英子は地元の警察に呼ばれて出向いて来たのだった。——あの若者の容態や名前なども知りたかったのだが、不精ひげを生やした眠そうな刑事は、英子の学校の名前を訊いたり、住所を尋ねた後で、

「ふむ……。で、一体何をやったの？　隠さずに言いなさい」

と訊いた。

「……どういう意味ですか？　私、ゆうべのひき逃げ事件のことで呼ばれて来たんですけど」

「あれ？　じゃ、キャバレーで補導されたんじゃないの？」

頭へ来た英子はキッと目をつり上げて刑事をにらみつけた。この英子のひとにらみは迫力のあることで友人の間でも有名なのである。

刑事もギョッとした様子で目をそらすと、あわてて机の上をかき回し、「ご、ごめんよ、他の件とまちがえちまって……。あ、これだ」

「はねられた人、具合はどうなんですか？」

「う、うん……。生きてる……と思うんだけどね。聞いてないんだよ」

たよりないわね、全く！

「あの車、わざとあの人をはね飛ばしたんだと思います」

と英子が言うと刑事は目を丸くして、

「わざと？——すると、ひき殺そうとした、というのかね？」

「ええ、そうだと思います」

英子がきっぱりと言うと、刑事は困った様子で頭をかいた。

「そうか……。すると、担当違うんだよな」

やれやれ、お役所ってこれだからいやよ、と英子は天井《てんじょう》を見上げてため息をついた。

一応、その刑事に、事件の一部始終を話して——といっても、どんな車だったのか、まるで英子も憶えていないのだが——その後、若者が収容された病院の場所を教えてもらってから、英子は警察を出た。

この日は朝から本降りの雨で、昨日までのうだるような暑さが、少しやわらいだ感じだった。街路樹も気持ちよさそうに久々のシャワーを浴びている。

英子はジャンプ傘《がさ》のボタンを押した。シュッと音を立てて傘が開く。大粒の雨が弾《はじ》ける道を、病院へと歩き出した。——警察から十分くらいのところに病院がある。受付で訊いてみると、三階へ行ってくれとのことで、英子は階段を上がって行った。

三階の窓口で、昨夜の若者のことを訊くと、中年の看護婦が、「その人なら308号ね」

と言った。「でも面会謝絶よ」

ともかく、まだ死んではいないのだ。英子はちょっと安心した。

「具合はどうなんでしょうか？」

「さあ……。あなた家族の人？」

「いえ、そうじゃないんですけど」

「先生に訊いてごらんなさい、ほら、今あそこのドアから入って行くでしょ。あの部屋だから」

看護婦に言われて見ると、白衣の人影がずっと先のドアの中へと入って行くところだった。

「どうも」

と行きかけると、

「あら、傘はちゃんと一階の入り口へ置いて来てくれなきゃ。——今はいいけど、気を付けてね」

と渋い顔の看護婦へ、

「すみません」

と頭を下げ、英子はあわてて歩いて行った。

ジャンプ傘を片手に、英子は３０８と書かれたドアの前に立った。〈面会謝絶〉の札が下がっている。医者が出て来るまで待とうかと思ったが、すぐに出て来るかどうか分らないのだし、そっと入って行けばいいだろう、とドアのノブに手をかけた。

「……失礼します」

そっとドアを開けて、英子は病室へ入った。――ベッドの前に立っている白衣の男が鋭く振り向いた。英子は立ちすくんだ。白衣は着ているが、医者ではない！　男は黒メガネをかけて、下は背広姿だ。手にナイフが握られて――。

英子は息をのんだ。ベッドを覆う白いシーツに鮮かに赤くしみが広がっている。

――血だ！

白衣の男がナイフを構えて英子へ向かって足を踏み出す。刺される！　英子は自分でも分らない内にジャンプ傘を目の前へ突き出し、ボタンを押した。シュッと傘が開いて、相手の視界をさえぎった。傘の布を切り裂いてナイフが光る。

英子は傘を投げつけておいて、廊下へ飛び出した。

「だれか来て！」

と思い切り大声を上げる。「人殺し！　だれか」

看護婦が驚いて走って来るのが見えた。白衣をかなぐり捨てて男が病室から駆け出して来て、目の前の看護婦や患者を突き飛ばして階段へとアッという間に姿を消してしまった。


「大丈夫かね？」

穏やかで、深味のある声に、英子は顔を上げた。英子の父よりも少し年上――たぶん五十歳くらいの、少し髪の白くなりかけた紳士が立っていた。

「ええ」

と英子はうなずいた。

「わたしはN署の石井《いしい》刑事だ。――大変な目にあったね」

英子は病院の宿直室で休んでいたが、ショックから立ち直るのに、それほどの時間はかからなかった。

「いくつか教えてほしいことがあるんだが……」

「ええ。ただ……」

「何だね？」

「冷たいコーヒーが飲みたいんですけど」

石井という刑事は笑顔になって、

「いいとも。その様子なら大丈夫だね。――じゃ外へ行こう。こんな所じゃコーヒーは飲めない」

病院のすぐ近くの喫茶店へ入ると、英子はアイスコーヒーを一気に飲みほした。口の中が何だかカラカラに乾いて仕方なかったのだ。

「刑事さん、あの人は……死んだんでしょうか？」

石井刑事は黙ってうなずいた。英子は深く息をついた。

「君は、昨夜の事故を見ていて、あれはわざとぶつけたんだと言ったそうだね」

「はい、間違いないと思います」

「君の言う通りだとすると、あの若者をはねた男が、彼がまだ死んでいないと知って殺しに来た、ということになりそうだね。――どんな男だったか、おぼえている限りで話してくれないか」

「ほんの一瞬だったから……黒メガネをかけていたし。ええと……背は中くらい……刑事さんくらいです。がっちりした体格で……」

英子は色々と並べてはみたが、並べれば並べるほど、特徴らしいものが一つもないのを痛感しないわけにはいかなかった。

これではとうてい捕まらないだろう、と英子は沈んだ気持ちで考えた。

「あの殺された人の身元は分らないんですか？」

と英子は石井刑事に尋ねた。

「今の所、分っていないんだ」

と石井は首を振って、「何しろ、身元の分るような物を何一つ持っていなかったんでね。本人も、ついに意識を取り戻さなかったし……」

「あの……」

英子はショルダーバッグから、あの若者から手渡された〈青春共和国〉の地図を取り出した。「これを見て下さい。青春共和国の地図なんです」

「青春共和国？――ああ、何だか、島を借り切って、共同生活をしようという……」

「ええ。あの人、きっとそこへ行っていた人だと思うんです」

英子は、正美の事故死から始めて一部始終を石井に話して聞かせた。

「――ですから、正美が崖から落ちたことについて、あの人、何か私に話しに来たんじゃないかと思うんです」

「そこをだれかにねらわれた、というわけか」

英子は石井が、そんなテレビのようなできすぎた話があるもんか、と笑って相手にしてくれないのではないか、と心配していたのだが、石井はじっとまゆを寄せて、真剣に考え込んでいる。

「この島の地図を借りていいかね?」

「ええ」

「青春共和国の募集センターが確か新宿にあったはずだ。あの若者の写真を撮《と》って、向こうの人に見せてみよう」

「私も連れて行ってもらえませんか?」

「君が?」

「私……、正美の死には責任を感じているんです。お願いします。邪魔はしませんから」

石井はうなずいた。

「よし分った。一緒に来てもらおう」

その日の午後、英子は石井刑事と落ち合って、新宿西口の貸ビルの二階にある〈青春共和国・募集センター〉へ出向いた。

そう大きな事務所ではない。夏休み前には大変な混雑だったと聞いたが、今はさすがに客の姿も二、三人で、受付の奥の机の前で、二、三人の男が退屈そうにしていた。

「いらっしゃいませ」

英子と石井が入って行くと、白ワイシャツにネクタイ姿の、愛想のいい男がやって来た。

「ここの責任者に会いたいが」

と石井が言うと、

「所長は今、共和国の方へ行っておりまして。どういうご用件でしょう？」

石井は警察手帳を見せ、

「ここに申し込んだ者のことで、ちょっと聞きたいんだがね」

「はあ、どういう……」

相手の顔から愛想笑いが消えた。

「この青年がここへ申し込んだかどうか分るかな。名前が分っていないんだが……」

と石井は写真を取り出した。

「さて、何しろ大勢の方が申し込まれましたから、名前が分らなくては――」

と言いかけて、写真を見るなり、男は目を見開いて、「あの――この方が――どうなさったんです?」と訊いた。

「殺されたんだ」

と石井は言った。「知ってるのかね?」

「こ、この人は……所長の息子さんです! このセンターの湯浅《ゆあさ》所長の息子さんですよ!」

石井と英子は思わず顔を見合わせた。

## 3　共和国へ

「どうして僕に何も言わなかったんだ!」

純夫はすっかりおかんむりである。

「ごめんなさい。だって、知らせる時間もなくって……」

と英子は弁解した。

「危うく殺されかけたんだろう? もし僕が一緒にいれば……」

「犯人を捕まえられたかもね」

「いや、真っ先に逃げただろうけど」

「何よ、だらしない！」

と英子は思わず吹き出しそうになった。

「ともかく、殺されたのがその湯浅とかいうやつの息子だってことは分ったんだね？」

「ええ、募集センターの所長さんのね」

「しかしどうしてその息子が殺し屋みたいなのにねらわれたりするんだ？」

「私に聞いたって分るわけないでしょ」

「やれやれ、おっかない話だな。ま、君も気を付けろよ」

純夫はゴロリとソファに寝そべった。——英子の家のリビングルーム。母も出かけてしまったので、電話して純夫を呼んだのである。

「私は関係ないわ。どうせもう学校も始まるしね。残念ながらこれ以上深入りしたくてもできないわよ」

「それで結構じゃないか！」

純夫は手にしていた一眼レフカメラのレンズを外し、二百ミリの望遠レンズを取り付けた。

「——君だって、その犯人を見てるんだから、目撃者を消せ、ってんで、殺し屋にねらわれないとも限らないぜ……」

と言いながら、ファインダー一杯に英子の顔をとらえる。

「変なこと言わないでよ。――いやだ、何を写してるの?」

「ん? 君の鼻の穴がぐっと大きく見えるぞ」

「バカ!」

英子がぐっとレンズをにらみつける。そこですかさずシャッターを切った。

「撮《と》ったの? ひどいわ!」

純夫は笑いながらレンズをガラス戸越しに明るい庭へ向けた。ピントリングを回して行くと、庭の向こうの垣根がぐっと近付いて見え、レンズをずっと横へ動かして行くと……

「おい!」

「どうしたの?」

「今、垣根の向こうに……」

純夫はカメラを置いて立ち上がると、急いでガラス戸へかけ寄った。

「何なのよ?」

不思議そうな顔で英子もやって来る。

「いや……今、ファインダーに見えたんだ」

「何が？」

「黒メガネをかけた男の顔さ」

「本当？　おどかしてるんじゃないの？」

「違うよ！　本当さ！——でも、すぐ見えなくなっちまったけど」

英子は思わず純夫の腕をつかんだ。

「わ、私のこと、殺しに来たのかしら？」

「もしかすると……」

「どうしよう？　一一〇番に——」

と言いかけた時、玄関のチャイムが、ポロンポロンと鳴った。二人は思わず顔を見合わせた
「ど、どうする？」

「出ないってわけにも行かないだろう」

純夫もやや緊張気味の声である。

「よし、僕が出る」

「気を付けて！」

「君はここにいろ」

「いやよ！　一緒に行く！」

二人は恐る恐る玄関へ出て、

「どなた？」

と声をかけた。

「速達です」

退屈そうな声が答えた。

「だれからの手紙だい？」

純夫が言った。「全くヒヤリとさせやがって！」

「差出人が書いてないわ」

と英子は封筒の裏を見てから、封を切った。「……見たことのない字ね。ええと
……」

英子は手紙を読み始めて、少し読むと、

「ねえ、これ、あの殺された人のお父さんからの手紙よ」

「え？　湯浅とかいう？」

「ええ、湯浅喜伸《よしのぶ》ってあるわ。〈愚息伸弘《のぶひろ》の死に際し、何かとご迷惑をおかけいたし

……)。おわびの手紙らしいわね」

「どれどれ」

と純夫ものぞき込む。

「……あら、〈伸弘が所持していた島の地図をお返し願えれば……〉ですって。あの

共和国の地図のことかしら？」

「何てことのない地図なんだろ？」

「そう見えたけど……。大体あんなもの警察に渡しちゃってあるわよ」

「じゃ、そう返事しとけばいいじゃないか」

「そうね。——息子さんのかたみにほしいのかもしれないわ。警察の方で用がすめば返してくれるでしょうしね」

「でも何だかこの文面、その地図のことを言うために、わざわざ書いたみたいだなあ」

と純夫が手紙を読み直して首をひねった。「——何か宝の隠し場所でも書いてあるんじゃないのかい？」

「まさか！　何もなかったわよ」

「あぶり出しか何かになっててさ。よくあるじゃないか」

「そんな冒険小説みたいなこと……。それより、さっきの黒メガネの方が心配よ」

「そうだなあ。まあ、夏だからね、サングラスかけてる人間は大勢いるけど……」

「でも何だか気味が悪いわ」

「僕がついてる。大丈夫さ」

と純夫がぐっと胸を張る。——そこへ電話が鳴った。

「はい、三神です」

と英子は受話器を取って言った。

「三神英子さんかね？」

よく響く、男の太い声だった。

「はい、私ですが」

「わたしは天堂《てんどう》という者でね。——といっても分らないだろうが……。青春共和国を作った人間なのだよ」

「はあ」

英子は目を白黒させた。

「わたしの所の湯浅の息子がとんだ災難にあったが、その時、君にも大分、迷惑をかけたらしいね。全く申し訳ないことだった」

「い、いいえ……」

「その時の様子などを警察から聞いてね、君の大胆で冷静沈着な行動に感心してしまったんだ。いや、君のような人こそ、わたしの共和国にふさわしい人だ」

「別に私、そんな……」

「ともかく一度ぜひ会ってみたいと思ってね。突然で申し訳ないが、今から車が迎えに行く。それに乗ってくれればいいんだ。時間はそう取らせないよ。構わんだろうね？」

英子はすっかり面喰《めんくら》ってしまった。

「あの、私、今留守番を――」

「もうそろそろ車が着くころだ。じゃ、待ってるよ」

「でも――、あの――」

電話は切れてしまった。

「一体何の電話だい？」

純夫が不思議そうな顔できいた。英子が説明すると、

「妙な話だなあ。天堂？――聞かない名だね」

「何かのわなかしら？」

二人は黙って考え込んでしまった。

天堂と名乗る男から妙な電話があって、五分としない内に、玄関のチャイムが鳴った。

出てみると、白ワイシャツにきちんとネクタイを締め、手に制帽を持った、ハイヤーの運転手が立っていた。

「三神英子様でいらっしゃいますか？」

「はい、そうです」

「お迎えに参りました。どうぞ」

チラリと道路の方を見て目を疑った。黒塗りのバカでかい外車が横づけになっているのだ！　何だか家が縮んじゃったように見える……。

「——どうも怪しいと思うけどな」

と純夫は気が進まない様子。

「だけど車が待ってるのよ。仕方ない。行ってくるわ」

「よし！　僕も行く！」

「だって……大丈夫かしら？　勝手について来ても」

「向こうだって勝手に呼んだんだからかまやしないさ」

ちょっと妙な理屈だとは思ったが、むろん純夫が一緒なら、こんな心強いことはない。英子は、両親が心配しないように、簡単なメモを置いて、ワンピースに着替えた。あの外車に、まさかショートパンツ、サンダルばきで乗るわけにもいかない。

運転手は、別に純夫が乗るのにも妙な顔は見せなかった。車の中はいかにもゆったりと広くて、シートはまるで居間のソファのようだ。

「どこへ行くんですか？」

と英子がきいた。

「羽田空港です」

運転手は答えて、車をスタートさせた。まるで氷の上を滑っているかと思うように、なめらかな動きだった。

羽田空港のロビー前に車がとまった。英子と純夫が外へ出ると、急ぎ足でやって来る男の姿が見えた。この暑いのに、紺の背広をちゃんと着込んだ、三十歳ぐらいのビジネスマンだ。

「三神英子さんですね？」

「はい。あの、天堂さん……」

「わたしは秘書の高松《たかまつ》です。――そちらは?」

と不思議そうに純夫を見た。英子が友人ですと紹介すると、

「ああ、そうですか。どうぞご一緒に」

と快くうなずいて、「ご案内します」

とさっさと歩き出した。――二人は空港の、あまり人の出入りしないようなすみの方から、建物の裏手を通って、驚いたことにいつの間にか滑走路のすぐそばへ来ていた。

「こんな所に入ってもいいのかしら?」

と、そっと純夫へささやく。純夫は黙って肩をすくめた。

「あちらで天堂様がお待ちです」

高松が手で示した方を見て、英子と純夫は唖然《あぜん》とした。そこには、双発のプロペラ機が、白と青に塗り分けられた機体をキラキラときらめかせていたのだ。

高松に促されて、二人は自分の目が信じられないような思いで、その自家用機へと急いだ。近くで見ると割合いに小型だが、それでも模型でもラジコンでもないのだ!

二人は踏み段を上がって機内へ入って行った。

計器や操縦かんの見える操縦席と反対側に、カーテンが引いてあって、高松がその

奥へ、

「三神さんとお友だちをお連れしました」

と声をかけた。

「ご苦労、入ってくれ」

と、英子が電話で聞いた声が答える。

「さ、どうぞ」

高松がカーテンを開いた。

「やあ、よく来てくれた。わたしが天堂だ。時間がないものだからね、こんな所へ来てもらってすまなかった。君が三神英子君だね」

天堂と名乗った男は、声からの連想よりは大分スマートな、優しい感じの紳士だった。もう六十歳近いのではないか、と英子は思った。髪は薄くならない代わりに半分以上白くなっている。それでも顔の色つやはとても若々しかった。

英子はあいさつをして、それから純夫を紹介した。

「勝手について来てしまって申し訳ありません」

純夫がペコンと頭を下げると、天堂は楽しそうに、

「いや、わたしも若い二人の間を引き裂こうとするほどやぼな男ではないよ」と笑っ

た。

「すばらしいですね、この飛行機。あなたの自家用機なんでしょう?」

「その通り。ちょっと古いんだが、気に入っている。まあかけたまえ」

そこはまるでちょっとしたサロンのような部屋になっていて、クッションのいいソファが向かい合って並び、テーブルには飲み物を入れたポットやグラスが並んでいた。機内は適度に空調されてさわやかなことこの上もない。

「何か飲みたまえ。コーラかジュースかね?」

二人はコーラをもらうことにした。

「——突然でさぞびっくりしただろう」

天堂は自分もコーラのグラスを手にして言った。「いや、湯浅の息子は全く気の毒なことをした。君が危ない目にあって、勇敢にそれを切り抜けたと聞いてね、ぜひ会ってみたくなったんだよ」

「青春共和国はあなたがお作りになったんですの?」

「その通り。あれはわたしにとっては理想の実現、夢の実現なのだよ」

「私の友だちが……事故で死んだんです」

「事故で? すると——あの、崖から足を滑らせたのが? そうだったのか。いや、それは全く重ね重ね君にはすまないことをした」

天堂は深刻な顔つきでわびると、

「できるだけ自然のままの世界で、若者たちに生きる喜びを与えたいと思っているのでね、多少の危険はやむをえない。しかし、やはりあそこは厳重に立ち入らないようにするべきだったよ。あの後、すぐに手は打ったが……」

英子には、死んだ正美が高所恐怖症だったことや、湯浅という殺された若者と正美との関係など、色々とひっかかることはあったが、今は何も言わないことにした。純夫が代わって言った。

「夢の実現、とおっしゃいましたけど、それはどういう……」

「今の若者たちは本当の自然の中で生きたことがない。都会のコンクリートの中か、山や海といっても、ホテル住まいだ。わたしはそういう若者たちに、本当に土と触れ合って生きることの素晴らしさを教えてやりたかったのだよ。――共和国にもむろん宿泊設備はある。近代的な設備がね。しかしその周囲の自然は全く人間の手の入らない、観光化されていない、自然そのままなんだ。一歩その中へ入れば――」

天堂は言葉を切った。低いうなりと共に、飛行機が小刻みに震えている。英子と純夫は顔を見合わせた。

「さあ、君たち、その席についたベルトをしめたまえ」

と天堂が言った。「そろそろ飛び立つよ」

二人は仰天した。

「飛び立つって、どこへです?」

「むろん青春共和国へだよ」

天堂は事もなげに言った。——機体が一揺れして、ゆっくり動き始めた。

# 第二章　幻の共和国

## 1　悪　夢

「まあ、のんびりしてくれたまえ」

天堂は自家用機が水平に飛行を始めると、座席のベルトを外しながら言った。

「困ります、私！」

英子はやっと口がきけるようになった。あまりに思いがけない成り行きに、ただ呆然としていたのだ。

「こんな……突然に飛行機で……」

「そ、そうですよ！」

純夫もベルトを外して天堂に抗議した。「これじゃまるで誘拐《ゆうかい》じゃありませんか！

すぐに僕らを羽田へ帰して下さい」

「そういきり立つことはないじゃないかね」

と天堂は至って平然としている。

「たった二時間で着くんだ。島をざっと案内して、日が暮れるまでにはちゃんと帰してあげる。君らも小学生じゃないんだから、構わんだろう?」

そう言われると、英子と純夫も怒るに怒れなくなってしまった。二時間といえば、ちょっとしたハイキングにでも、出かけるようなものだし、それに正直なところ、こんな自家用機の旅など二人とももちろん生まれて初めて。それに加えて〈青春共和国〉という所を一度見ておきたいという好奇心もある。ちゃんと帰れさえすれば……。

二人は顔を見合わせた。互いの顔色で、同じことを考えているらしいことが分る。

純夫は、仕方ないや、というように肩をすくめた。

「それじゃ帰りもちゃんと送っていただけるんですね?」

と英子は念を押した。

「もちろんだとも。さ、そうと心を決めたら、空の旅をゆっくり楽しみたまえ!」

英子と純夫は、しばし空から下の景色に見とれた。

もう機は海へ出ていて、どこまでも続く大海原は目のさめるようなエメラルド・グリーン。じっと見ていると、その中へ吸い込まれてしまいそうだ。

夏の太陽の光が、はるか眼下の海面に、ダイヤモンドの粉をふりまいたようにキラキラときらめいている。

「素敵だわ！」

英子はホウッとため息をついた。

「そうだ」

純夫は肩からさげていた一眼レフカメラを手に取って、「写真、撮《と》ってもいいですか？」

ときいた。

「いいとも。こんな飛行機でよけりゃ、いくらでも撮りたまえ」

と天堂は快くうなずいた。「ほう、いいカメラを持ってるね。カメラマンなのかね？」

「まだ勉強中なんです」

と英子が代わって答えた。

純夫は機内の様子をカメラにおさめて行った。――何枚か写して、さてカメラのレンズにキャップをかぶせようとすると、

「まだフィルムはあるのかね?」

と天堂がきいた。

「ええ、まだ大分残ってますが」

「じゃ一つ、三人で記念撮影と行こうじゃないか。どうだね?」

正直なところ、純夫は、共和国へ着いてから写すように、フィルムをできるだけ残しておきたかったのだが、英子までが、

「まあ、素敵だわ。ね、純夫さん、撮ってよ」

と、すっかりその気になっている。

「自家用機に乗ったって証拠にもなるじゃない。話だけじゃみんな信じないかもしれないもの」

「オーケー。じゃセルフタイマーにして……」

適当な台の上にカメラをのせて、セルフタイマーをかけ、シャッターを押す。――七、八秒たって、カメラは三人の姿をフィルムに焼きつけた。

「あと十五分ほどで共和国だ」

天堂が腕時計を見ながら言った。

「そろそろ見えて来るかしら?」

と英子が窓に顔を寄せる。

「ところで」

と天堂がさり気なく言った。「あの地図を持っているかね？」

「え？」

景色に気を取られていた英子は天堂の方へ振り向いた。

「地図だよ」

と天堂はくり返した。

「地図って、あの……殺された湯浅さんの……」

「そうだ。湯浅の息子が持っていただろう」

「ええ」

「その地図はどうしたね？」

「あれは警察にあります。事件を担当してるN署の石井刑事さんに預けてあるんです」

「N署の石井刑事。——なるほど」

天堂はうなずいた。

「あの地図のこと、殺された人のお父さんからも手紙で返してほしいと言ってこられました。大切なものなんですか?」

と英子はきいてみた。どうも引っかかる。あの何の変哲もない地図が、なぜそんなに必要なのだろう。

「そうか、湯浅からも手紙が行ったのか」

と天堂はニヤッと笑った。「いや、わたしも湯浅から、きいてみてくれと頼まれとったのでね」

「特別な地図なんですか?」

と英子はもう一度きいた。

「いやいや、君も見たと思うが、平凡な地図さ。ただ父親は形見にほしいというつもりなんだろう」

英子にはその説明はどうも納得できなかった。しかし、今ここで突っ込んだ質問をしている時間はあるまい。戻ったら石井刑事にこのことを知らせて、あの地図をよく調べてもらおう、と英子は内心、考えていた。

「どうかね、今度はジュースでも」

と天堂が話をそらすように言う。しかし、冷房がしてあるせいか、喉《のど》がかわくのも事実だった。

「いただきます」

と英子は素直に言った。

天堂はいかにもフレッシュそのものという感じのオレンジジュースをグラス二つに注《そそ》いで、英子と純夫に手渡した。二人は一気に飲みほしてしまった。

「おいしい！」

と英子が息をついた。純夫はカメラを手にすると、窓から下をのぞいた。――まだ島は見えて来ないようだ。

「島に着いたら存分に写真を撮ってくれたまえ」

と天堂が言った。「写したくなるような場所が山ほどあるよ」

「そうですね」

席に座り直して、純夫は大あくびをした。何だか快適すぎるせいだろうか、眠気がさしてきて、まぶたが重くなって来る。

チラリと英子の方を見ると、これもウツラウツラしている様子。やれやれ、もうすぐ〈青春共和国〉に着くっていうのに、仕方ないな。起こしてやらなきゃ。

しかし、純夫の方も段々と頭が重くなって来る。眠るやつがあるか。こんな所で……。大丈夫、ちゃんと起きて……。

いつの間にか上下のまぶたは閉ざされ、純夫は眠りに落ちて行った。

純夫は目を覚ました。――しばらくは頭も視界もぼんやりして、どこにいるのかもよく分らない。

「ああ、そうだ……」

共和国への飛行機で眠り込んで……。純夫はギクリとして周囲を見回した。そして思わずつぶやいた。

「まさか！」

そこは英子の家のリビングルームだったのだ。

「こんな……馬鹿なこと！」

純夫は思わずつぶやいていた。確かに飛行機の中で眠ったのだ。天堂の自家用機で。もうすぐ島へ着くというところだったが……。

「おい！　英子！」

と大声を出してみる。返事はなかった。――これは一体どういうことなのだろう。目を覚ましたら、英子の家のリビングルームにいた。

何もかも夢だったのか？　天堂もあの自家用機も。

「そんなはずはない！」

と純夫は自分へ言い聞かせるように言い切った。夢なら、こんなにはっきりと何もかもおぼえていられるはずがない。どこか理屈に合わない所や非現実的な所があるはずだ。事実だ。本当に飛行機には乗ったのだ。そして……。

「そうか！　あのジュースだ！」

島へ着く直前に、天堂がすすめてくれたオレンジジュース。あれを飲んで急に眠くなったのだ。英子の方も、半分眠っていた。きっと薬が入っていたのに違いない。

純夫は時計を見た。もう夕方になっている。日が長いので、まだ外は明るいが、それにしても、かなり寝込んでいたのは確かである。

眠り込んでから、飛行機で羽田へ取って返し、ここまで車で運んで来たのだろう。しかし……英子は？　英子は共和国へ連れて行かれたのだろうか？

大体、天堂は英子一人に会いたかったのだ。そこへ純夫がくっついて行った。追い帰しては怪しまれると思い、快く飛行機に乗せたのだろう。――英子はどうなったのか？　あの天堂という男はどういうつもりなのか？

ともかく、英子が誘拐同然に連れ去られたのだ。警察へ届けなくては！

純夫が玄関から飛び出そうとした時、急にドアが開いて、英子の母恭子が帰って来た。

「あら、成瀬君、いらっしゃい」

と大きな買い物袋をかかえた恭子は微笑《ほほえ》んで「留守をお願いしてごめんなさいね」

「お、おばさん！」

純夫は大声を出した。「大変なんです！」

「どうしたの、一体？」

と恭子がびっくりする。

「英子が——さらわれたんです！」


「僕がついていながら、こんなことに……」

純夫がションボリとうなだれると、

「成瀬君、そう気に病まないで。あなたのせいじゃないのよ」

と恭子が慰めてくれる。

「そうですとも」

と石井刑事もうなずいた。「心配なさらなくても大丈夫。手がかりは色々とあるんですから、すぐ見付け出しますよ。場合によっては青春共和国を強制捜索します」

「よろしくお願いします」

と恭子が言った。「あの子は、しっかりしていますので、心配はないと思いますけれど」

恭子と純夫は相談して、英子が話していた石井刑事を警察へ訪ねて来て、純夫が事のいきさつを説明したのである。

「天堂か。本名ではないかもしれないな」

と石井は言って、「しかし、君が写真を撮っておいてくれたから、すぐに身元が割れるだろう」

純夫が天堂の自家用機で写したフィルムが、今現像されている所だったのだ。——石井の机の電話が鳴った。すぐに受話器を上げて、

「ああ、どうだった？——え？——何も写ってないって？」

純夫は驚いて、思わず椅子から立ち上がった。

「全く新品の、使ってないフィルムだったんですって？」

純夫は思わずきき返した。

「そうなんだ」

石井刑事はうなずいて、「巻き上げが空回りしていたんじゃないかと現像室では言

ているよ」

「そんな……。僕はこれでもカメラマンの卵です。フィルムがちゃんと送られている
かどうか、無意識にチェックしていますよ。それはきっと……あいつがフィルムを入
れ換えたんだ。簡単ですからね」

純夫はくやしさに歯ぎしりした。

「畜生！　でも、僕はちゃんとあいつの顔をおぼえてるんです！」

「よし。それじゃ、君の記憶を頼りにモンタージュ写真を作ろう」

「お願いします！　まだ記憶が新しい内に」

「すぐに手配するよ」

と石井が電話へ手をのばしかけた時、また、電話が鳴った。

「はい、石井。——ええ、ここにおられます」

と石井は受話器を恭子へ差し出し、

「ご主人からです」

「メモを置いて来たので。——すみません。——もしもし、あなた？——今、警察で
お話を——え？　何ですって？」

恭子が目を丸くした。「英子の部屋に書き置きが？」

〈友人より両親より、大事な人ができたので、家を出ます。うそじゃありません。考えた末の行動です。いつも彼と一緒にいたいのです。捜さないで下さい。連絡します。ただの気まぐれではありません。——英子〉

手紙を間に、石井と英子の両親、それに純夫の四人は、しばし黙り込んでしまった。

「娘さんの字ですか？」

「そうです」

と答えたのは、英子の父親、三神である。出張の多い勤めだが、優しく、理解のある父親であった。

恭子もうなずいて、

「英子の字に間違いないと思います」

「すると……お嬢さんは、男性と駆け落ちした、ということですか」

「そんな……」

純夫は言いかけたが、その後をどう続けていいのか分らず、口をつぐんでしまった。

「それでは、成瀬君、君はやっぱり夢を見ていたんじゃないのかね？」

石井にきかれて、

「いえ、絶対に違います！」

とは言い切ったものの、石井がそれを信じたかどうか自信はなかった。確かに書き置きの字は英子のものだ。でも、駆け落ちなんて！

「今の娘さんは無茶をしますからな」

と石井は言った。「相手の男性に心当たりは？」

英子の両親はゆっくり首を振った。そして夫人の方が、

「わたしたち、あの子のボーイフレンドはこの成瀬さんだけだって思っていました」

と言った。どうやら自分の話は昼寝の時の夢ということで片付けられてしまったようだ。そう思うと、純夫も、自分の話に段々自信がなくなって来た。

「英子……。大丈夫なのか」

一人、夜道をぶらぶらと歩きながら、純夫はつぶやいた。誘拐されたにしろ、駆け落ちしたにしろ、どっちにせよ英子の姿は消えてしまったのである。

両親もすっかり気落ちしていた。

「一体、どうなってるんだよ、英子？」

とつぶやいて、足下《あしもと》の空罐《あきかん》を思い切りけとばした。

## 2　隠された言葉

秋になった。とっくに新学期が始まったというのに、まだ英子の行方《ゆくえ》は分らなかった。

学校は〈休学〉の扱いになっていたが、英子が駆け落ちしたといううわさは、だれからともなく全校に広がり、だれ一人、知らぬ者とてなかった。

「あの英子がねえ……」

と首をひねる者、

「戻って来たって絶交だわ」

と腹を立てる者、

「わたしもやってみたいな、駆け落ちっていうのを」

とうらやましがる者——様々であった。

ともかく、英子の行方がさっぱり分らないということだけが、確かな事実であった。

むろん、〈尋ね人〉の広告は何度となく全国紙の片隅に写真入りで掲載され、それらしい娘を見たという通知も、いくつかあった。その度に英子の父か母が現地へ飛んで行ったのだが、結局、人違いか、礼金目当てのでたらめばかりで、一つとして確かな情報は出て来なかった。

英子の両親にとって、この秋は、全くユーウツな季節だったわけである。そしてもちろん、もう一人、英子の恋人、純夫にとっても同様で……、特に、こちらは恋人がほかの男性と駆け落ちしたというのだから、目も当てられない。

事情を知っている友人からは冷やかされるし、ろくなことはなかった。

しかし、純夫は内心、まだ英子が何かのたくらみで誘拐されたのに違いないと信じていた。

あの、〈青春共和国〉の持主だと名乗った、天堂という男に、さらわれたのだ……。

「――こんにちは」

という声も、つい低くなる。顔を出した英子の母、三神恭子は、「まあ、成瀬君。よく来てくれたわね。上がってちょうだい」

気の強い人だけに、表面上は以前と変わらなく愛想良く振るまっているが、内心、どんなにか寂しいだろう、と純夫は思った。

「――英子さんから連絡は?」

「さっぱりよ」

恭子は純夫に紅茶を出しながら、

「もう一か月以上にもなるっていうのに、まるで行方が分らないんですからね。——日本って狭いと思ってたけど、けっこう広いのね」

そうだ。もう十月に入っていた。英子が姿を消したのは八月の末だったから、一か月半近くたっている。

「あの置き手紙には〈連絡する〉ってありましたけどねえ」

と純夫は言った。

「そうなのよ。でも……もし、本当にあの子が駆け落ちしたのだったら居場所を知られないように、当分手紙なんか出さないでしょうけどね」

「でも、本当にそう信じてるんですか？　彼女が駆け落ちしたって」

恭子は首を振った。

「分らないわ、あの子は時々、とんでもないこともやるからね。——でも、きっと相当あわててたんだと思うわよ」

「どうしてです？」

「だって、あの書き置きの文章。いつも、あの子はきちんとした文章を書くのよ。それなのに、あれはひどい文だったわ」

純夫はちょっと考え込んだ。

「おばさん、あの書き置き、ありますか?」

「ええ、もちろん」

「ちょっと見せて下さい」

純夫は英子が残して行った書き置きを借りて、しばらくじっと見つめていたが、突然、

「おばさん! 大変ですよ!」

と大声を上げた。


「ええ? 何だって?」

石井刑事はびっくりして純夫の顔を見つめた。

「だから、この書き置きは、彼女が無理に書かされたものなんですよ」

と純夫は言った。

「どうして分るね?」

「本当に簡単な暗号なんです。どうして気が付かなかったか、自分のばかさ加減にいやけがさしますよ」

純夫は書き置きを石井の机に広げた。

〈友人より両親より、大事な人ができたので、家を出ます。うそじゃありません。考えた末の行動です。いつも彼と一緒にいたいのです。捜さないで下さい。連絡します。ただの気まぐれではありません。——英子〉

「この手紙がどうしたんだね？」

と石井はきいた。

「ずいぶん変な文章だと思いませんか？〈うそじゃありません〉とか、〈ただの気まぐれではありません〉なんて、何だか変な所へ入ってるでしょう」

「それで？」

「文章の最初の文字を拾えばいいんですよ！」

純夫は勢い込んで言った。「〈友人より〉の〈ゆ〉、〈うそじゃ……〉の〈う〉という具合にね。するとどうなります？」

石井は書き置きを取り上げて、

「ゆ……う……か……い……。そうか！……『誘拐された』となるんだな！」

「その通りです」

「そうか。これは気が付かなかったぞ」

うか?」

「本当に、もっと早く気付いてりゃよかったんですが」

一緒に来ていた恭子が口をはさんで、「あの、これで何とか事態は変りますでしょうか?」

ときいた。

「むろんです」

石井はうなずいた。「こいつはどうやら君の話は夢じゃなかったってことのようだな。——青春共和国を捜索できるように手を尽くそう」

「お願いします!　きっと彼女、あそこにいるんですよ」

久しぶりに、純夫は希望がわき上がって来るのを感じた。——英子!　待ってろよ、助けに行くからな!

純夫が走って来る。手を振りながら、何か叫んでいる。しかし、一向に近付いては来ない。むしろ、どんどん離れて行ってしまうのだ。暗いやみの中に、少しずつのみ込まれて行く。消えて行く。

純夫さん!　純夫さん!　早く来て!　走って!　走って……。

英子は、目を覚ました。

「夢か……」

ベッドに起き上がって、頭を振る。波の音がした。――ここで目を覚ますのにも、大分慣れて来た。

それでも不愉快さには変りがない。灰色の天井、灰色の壁、小さな、金網を張った窓。寒々とした、狭苦しい部屋である。

時計を見ると、もう十時だった。一体、今日は何日なのかしら、と英子は思った。

ここへ来て一か月以上はたっているだろう。正確に数えてはいないが、大体、それぐらいにはなる。

「みんな心配しているだろうなあ」

あの書き置きの文章の暗号に、だれか気付いてくれたかしら。――いや、気付いていれば、もう何か手を打ってくれているはずだ。

まさかこんなことになろうとは、思ってもいなかった……。

その時、部屋のドアが開いて、

「やあ、おはよう」

と、微笑みながら入って来たのは、天堂であった。

「どうかね、気分は」

天堂は、愛想良く笑いかけて来た。英子はベッドから足を下ろして、「いいわけがないでしょ。こんな所に閉じ込められて」

と天堂をにらみつけてやった。

天堂は一向に平気な様子で、「いや、申し訳ないとは思っとるんだよ。しかし、この不愉快な生活を選んだのは君の方だ。そこを間違えないでほしいね」

と木の堅い椅子を片手で引っ張って来て、腰をおろした。

「勝手なこと言ってるわ」

と英子はため息と共に言った。

「君の気持ち次第で、いつでもこの部屋から出してあげるよ。気持ちのいい暖かいベッドと食事と……」

英子は窓の方へ目を向けた。「今日は何月何日なの？」

「十月の初め、と言っておこう」

「もう十月……」

学校の友人たちはどうしてるだろう、純夫さんは、パパやママは。そう思うと、急に涙がこみ上げそうになる。しかし、そこをぐっとこらえて、天堂を見返すと、

「いくら言ったってむだよ。あなたの手伝いなんかしないから！」

「残念だね。わたしも、そういつまでも待てないよ。いくら君のためでもね」

「じゃ、殺すつもりなの？」

「いや、殺しはしない。しかし、もっとつらいことになるかもしれないよ」

天堂の言い方は、もの静かなだけに、いっそう気味が悪かった。

「そうだ、君に見せたいものがある。ついて来たまえ」

と天堂は立ち上がって英子をうながした。英子はおとなしく天堂の後ろについて部屋を出た。

薄暗い、寒々としたコンクリートの廊下を歩いて行く。英子は前を歩いて行く天堂を見ながら、つい逃げ出したい気持ちになるのを必死でこらえた。ここへ閉じ込められたばかりのころに、何度もそうやっては捕まって、まずこの建物から逃げ出すことはできないと分っている。それに、もしうまくこの建物から出られても、島から出る方法がないのだ……。

出口まで来ると、天堂は見張りの、まるでレスラーのような大男にうなずいて見せた。男が細いひもで英子の手首を背中へ回して縛った。

「悪く思わないでくれたまえ。さあ行こう」

外へ出ると、英子は大きく深呼吸した。外の空気に触れるのは、一体何日ぶりだろう！　潮風は少々寒いほどだったが、それでも英子は生き返ったような気がした。

「いい気分かね？」

「ええ。あなただって、その内、この気持ちを味わえるわ。刑務所でね」

天堂は愉快そうに笑った。

「いや、ますます君が気に入ったよ！」

島は、小さな緑の山を中心に、ずっと裾《すそ》が広がったような形をしている。英子がいるこの建物は、島の、荒れ果てた海岸に面した崖の上にあって、いわゆる〈青春共和国〉の区域からは全く見えなくなっているのだ。

英子は遠い水平線をじっと見た。薄ぐもりで日ざしは弱かったが、それでも、英子の目にはまぶしく感じられる。

「さあ来たまえ」

と天堂が英子の腕を取ると、少し離れた所にある、小さな小屋の方へと連れて行った。

「ここは何なの？」

「入れば分る。さあ……」

天堂は小屋の戸を開けると、英子を中へと押しやった。

小屋の中は、ガランとして、暗かった。天堂は床《ゆか》へかがみ込むと、鉄の環《わ》を引っ張った。床の一部が扉のようになっていて、そこがポッカリと口を開ける。

「地下への階段だ。さあ、おりて行くんだよ」

得体の知れない気味の悪さに、英子はちょっと身震いしたが、ほかにどうしようもなく、暗い、急な石の階段をおりて行った。両手を縛られているので、ともすればバランスを失いそうになる。

おり立った所は、分厚い木のドアになっていて、頑丈な鍵がかけてある。後からおりて来た天堂が、

「中をのぞいてみたまえ」

と言った。ドアに、金網を張った小さな窓がある。英子はちょっと伸びをして、中をのぞき込んだ。

意外なほど広い部屋だった。地上の小屋に比べて三倍くらいはあるだろう。壁の両側に並んだ簡素なベッド。病院の大部屋のように見える。そこに、七、八人の少女がいた。みんな英子と同じぐらいか、少し年上らしい。

だが、奇妙なのは、みんな、どこかぼんやりとして、何をするでもなく、おしゃべりをするでもなく、ベッドに横になるか、うずくまるように座っているのだった。

「——この人たちは？」

英子は振り返ってきいた。「病気なの？」

「そう。——正確に言えば病気とも言えないね」

「どういうこと？」

「この娘たちは新しい薬の実験台だったのだよ。しかし、実験はいつも成功するとは限らない」

英子は一瞬青くなって、よろけた。

「じゃ……みんな、あなたがこんな風にしたの？」

「わたしの売る薬は、少量ずつ使えば、人生をこの上なく楽しくさせてくれる。しかし、量を誤ると——この通りだ」

「人でなし！」

と英子は言った。——天堂は、この島で新しい種類の麻薬を栽培している。それは英子にも分っていた。だが、それが〈青春共和国〉の事業とどうつながっているのか、分らなかった。

その秘密が、今、この地下室の光景を見て、いくらか分って来るような気がした。

「まあ、最初はどうしても適量が分らないので試験的に使ってみる相手が必要なのさ」

天堂は平然と言って、その優しい目でじっと英子を見つめた。

「……あと一日だけ時間をやろう。それでも君の気が変らなければ、君にも、新しい薬の実験台になってもらう」

英子は身震いした。天堂は本気だ。

もし、英子が、天堂に言われるままに、その薬を売りさばく組織の一人になることを承知しなかったら、きっと大量の薬を飲まされるか注射されるかして、自分のことも分らないようにされてしまうのだ。

天堂は微笑んで、

「わたしは君を気に入っているんだ。君はその若さにしてはびっくりするほど、頭も良く、度胸もある。わたしの仕事にはうってつけだと思っているんだよ。まさか高校一年の女の子が、麻薬を売っているとはだれも思うまいしね。――わたしをがっかりさせないでくれよ」

階段を上がり、小屋から出ても、英子は足が震えていた。歩きかけて、天堂が足を止めた。英子は天堂が海の方をじっと見ているのに気付いて、自分もそっちへ目を向けた。

灰色の海を、一隻の船が、島へ向かって近付いて来た。

## 3　絶体絶命

「島が見えて来たぞ」

石井刑事の言葉に、純夫は立ち上がって、前方を見た。緑の豊かな、想像していたよりも大きな島である。

あそこに英子がいるんだ。あの天堂とかいうやつに捕まって。無事でいてくれよ。今、助けてやるからな！――純夫は心の中で祈るように言った。

警察の小型のランチは、島をぐるりと半分ほど回った。なだらかな斜面に白い近代的なホテルのような建物がいくつも並んで、そこだけはまるでちょっとした別荘地のおもむきである。

「こりゃあ、なかなか大したもんだな」

石井は感心した様子で首を振った。「そんな、のんびり感心している場合じゃないですよ」

と純夫が文句を言うと、

「まあ、落ち着きなさい」

と石井はなだめた。「正式な捜査令状があるわけではないんだ。あまり無茶はできない」

「どうして令状を取れなかったんですか？」

と純夫は不満げに口をとがらした。

「うん、わたしも色々とやってはみたんだがね。ともかく、あの程度の証拠では無理だということになって……」

「ちぇっ、石頭だなあ！」

石井は笑って純夫の肩をたたいた。

「まあ、わたしに任せておきたまえ。ほら、船が着くぞ」

ランチは、船着き場へ静かに滑るように近付いて行った。

「どうもご苦労さん」

石井は地元の警官へ声をかけ、純夫と二人で船をおりた。二人きりとはいささか心細いが、純夫は英子を助け出すのだという決意に燃えているので、たとえこっちが一人で相手が百人だって平気だった。

ランチはエンジンの音を響かせて、島を離れて行った。

「夕方には迎えに来ることになってる。さあ、行こうか」

石井が歩き出した。純夫もその後について歩いて行く。さて、どこに何があるのか……。

そこへ、五十歳ぐらいの、上品な紳士が急ぎ足でやって来るのが見えた。石井がちょっと考えて、

「やあ、あれは……」

「これは、刑事さんでしたか」

相手は石井に気付くと、ていねいに頭を下げた。「その節は何かとお世話になりまして」

「いや、とんでもない。結局、何のお役にも立てず、心苦しいですよ」

石井はそう言ってから、「ああ、こちらは湯浅さんだよ。——成瀬純夫君です」

湯浅？　どこかで聞いた名だな、と純夫は思った。——そうか、英子の目の前で車にはねられ、病院で何者かに殺された、あの若者の父親だ。

「わざわざこの島へどんなご用でしょう？」

湯浅はそう聞いてから、「ま、ともかく管理事務所の方へ。お茶でも差し上げますから」

「それはどうも。ではお言葉に甘えさせていただきましょう」

そんなのんきなこと、と純夫はイライラしながら思ったが、ぐっとこらえて、仕方なく二人の後について行った。

「立派なものですな。驚きました」

と石井が言った。

「そうでしょう。大がかりな計画ですよ」

「ここではあなたが最高責任者なんですか？」

「私が？　いえ、とんでもない。私はただ天堂さんに雇われているだけでして」

天堂の名を聞いて、純夫と石井は思わず顔を見合わせた。

「それで、どうしてこの島へおいでになったんです？」

〈青春共和国管理事務所〉とプレートのついた、しゃれた建物の一室で、石井と純夫へ紅茶を出しておいて、湯浅はそうきいた。

「いや、実はある娘を捜しているんです」

と石井は言った。

「娘？」

「そうです。今、ここにはどれぐらいの若者がいるんですか？」

「まあ、三十人ほどですね。学生さんは学校があるので、夏休みが終ると引き揚げてしまいますからね。今いるのは、浪人中というのが多いですね。他に、仕事をやめて、ここにずっといたいという人たち……。お捜しの娘というのは？」

「十六歳になる娘でしてね。実はかなり悪質な盗みの常習犯なんです」

石井の話に純夫は目を丸くした。石井は一向に構わず、続けた。

「それがどうやらこの島へ逃げ込んでいるらしくて、そちらへも被害を与える虞《おそ》れがあるのです」

「それは大変だ」

と湯浅は深刻な顔になった。

「ここの入居者として潜入しているか、それとも、どこか林の中にでも隠れているか、その辺は分らないんですが、できれば島を捜索させていただきたいのです。実は、正式の捜査令状はありませんので、そちらのご好意をあてにして参ったのですが……」

「それはもちろん、こっちからお願いしたいほどですよ。いや、わざわざおいで下さって恐縮です」

純夫はほっと胸をなでおろした。なるほど、そういう話にしておけば向こうもいやとは言えまい。

「それでは、事務所の若い者を何人か一緒に行かせましょう」

と湯浅が言うのを、

「いや、それには及びません」

と石井は止めて、「一通りわたしが島を拝見して、この辺らしいと見当をつけてからにしましょう。あまり騒ぎ立てると、かえって相手に気付かれてしまう」

「なるほど。分りました」

「この島の地図はありますか？」

「ええ、これをお持ち下さい」

と湯浅が上着のポケットから、折りたたんだ紙を取り出し、二人の目の前に広げた。

それはこの島の略図で、湯浅は、

「ここが今いる所です。——これが体操場、ここが集会室で……」

と説明して行った。

「この×印《ばつじるし》は？」

「ここは崖っぷちになっていましてね、危険なので立ち入り禁止にしてあるのです」

英子の親友だった木村正美が落ちて死んだ所に違いない、と純夫は思った、どうも、そのあたりが怪しいぞ……。

「島の反対側はどうなってるんです？」

と純夫はきいた。石井が急いで、

「この若者は例の娘のお兄さんなんですよ。彼女を説得してもらおうと思いましてね」

と説明する。

「そうですか。――ええと、この反対側は岩だらけの場所でしてね。危険でもあるので、全く使用していません。立ち入りもできないし」

湯浅はなぜか少しあわてた口調で言った。

「――その、人のいない反対側ってのが怪しいですね」

石井と二人で表へ出ると、純夫は言った。

「うん、わたしもそう思った。行ってみようじゃないかね」

石井と純夫が歩いて行くのを、湯浅は事務所の窓辺に立ってじっと見守っていた。


「ここが例の崖だな」

石井は〈危険！　立ち入り厳禁〉の札をポンと手でたたいて言った。

「……なるほど。どうやら崖の上を通ると、島の反対側へ出られそうだな。どうするね？」

「行きましょう！」

と純夫は断固たる口調で言った。

「きっとそこに何か秘密があるんだ。彼女もそこにいますよ」

「よし、ともかく行ってみないことにはどうにもならんね」

と言って、石井は、張ってあったロープをまたいで越えると、純夫の方を振り向いた。「――君、悪いけど先に行ってくれないか」

「ええ、いいですよ。でもどうして？」

「わたしは高所恐怖症でね」

と石井が頭をかいた。「いや、お恥ずかしいんだが」

「へえ、見かけによらないんですね」

純夫は笑って、「任せて下さい。じゃ、先に行きますよ」

と身軽にロープを飛び越えた。

「気を付けろよ」

「大丈夫ですよ」

そうは言っても、確かに危険な道である。切り立った崖は、たっぷり三十メートルの高さがあり、下は大きな岩が白い波を砕いている。

道はわずか数十センチの幅でそれもところどころ欠けそうになっているのだ。純夫は慎重に足を進めながら、

「大丈夫ですか?」

と石井へ声をかけてみたが、返事はなかった。妙だな、とは思ったが、振り向くような余裕もないので、そのまま足を進めて、やっと崖の上を渡りきり、平らな岩へ登って一息ついた。

「やれやれ、やっと着いた……」

とつぶやいて、「石井さん!」と振り向いたが……石井の姿は見えなかった。

「石井さん――石井さん!」

と呼んでみたが、一向に返事はない。「どうしちゃったんだろう……」

まさか、崖から落ちたんじゃないだろうな、と思って、純夫は青くなった。それなら何か物音か叫び声ぐらい聞こえるはずだ……。

「困ったな」

とつぶやいた時、純夫はふと近くに足音を聞いて振り返った。

男が立っている。――二メートル近くもあろうかという大男で、横幅の方も相当な

ものだ。純夫は身構えた。――どう見ても、歓迎のあいさつに出て来たとは思えない凶悪な顔つきをしている。

「何だ、貴様は！」

と純夫は言った。見張り役なんだな。――やっぱりここに何かあるんだ。しかし、それにしてもこの大男、まともに向かって行ってとてもかなう相手でないのは、純夫もよく分った。

「捕まるもんか！」

純夫は身軽に岩から横へ飛んで、斜面を駆けおり始めた。大男がのっそりとした動きでそれを追って走る。

「ざまあみろ、追いつけやしないだろう！」

純夫は足を早めた。――突然、目の前にもう一人の男が現れた。大男でこそないが、手に銃を持っている。

「しまった！」

と急いで方向転換。――とたんに追って来た大男の手がぐいと純夫の腕をつかんだ。

「いてて！　放せ！　こいつめ！」

と暴れてみたが、てんで相手にならない。大男は両手で純夫を高々と頭の上まで持ち上げた。

「おい！　やめろ！　よせってば」

純夫の言葉も空しく、次の瞬間、純夫の体は宙を飛び、いやというほど地面にたたきつけられた。純夫は一声うめいて気を失ってしまった。


英子は、閉じ込められた部屋の中をあちこち歩き回っていた。

一体、何があったのだろう？　あの船は、確かに警察のランチのようだった。天堂が一瞬、緊張していたのを見ても、それはまちがいない。

なぜ、警察の船が？　〈青春共和国〉の裏に隠れた恐ろしい犯罪が明るみに出たのだろうか。それならこんなにうれしいことはないけれど……。

何十回か、何百回か、狭い部屋の中を往復した時、ドアが開いて、天堂が入って来た。

「何の用？」

天堂は相変らずニヤついている。

「君の期待を裏切って悪いがね、警察の船は帰ったよ」

「それがどうしたの？」

英子は内心の失望を表に出すまいとこらえた。

「君に会ってもらいたい人間がいるんだ」

「だれ？」

「わたしの友人でね、君もたぶん知っているだろう……」

天堂がわきへ体を寄せると、一人の男が入り口の所に姿を現した。英子は、しばらく呆然として、

「……石井さん」

とつぶやいた。

石井刑事はいくらかきまり悪そうに、

「やあ、久しぶりだね」

と言った。

「あなたは……この男と……」

「友人なんかじゃないよ。ただ……わたしも貧乏暮らしで金が欲しかったのでね」

「何ていう人なの！　警官のくせに！」

英子は石井をにらみつけた。

「警官だって人間だよ」

と天堂が口をはさむ。「わたしはあの地図を取り戻すために、この男と会ったのさ。そして大変よく理解し合ったのだ」

「あの地図は……」

「そのことなら、君がわたしの言うことを聞いてくれれば教えてあげよう」

「いやだと言ったはずよ」

「さっき見た娘たちのようになってもいいのかね？」

英子は青ざめて、それでも天堂をまっすぐに見返しながら、

「たとえどうされても、できないわ！」

と言い切った。

「そうか、残念だな」

天堂はため息をついた。「君たちには気の毒なことになる」

「君たち？」

「そうさ。——来たまえ」

天堂は、英子を連れて廊下を奥へたどり、あるドアの前に立ち止まった。

「中を見てごらん」

ドアの小窓から中をのぞいて、英子は、アッと声を上げた。

「純夫さん！」

純夫が、ベッドにぐったりと横たわっている。

「死んではいないよ。気を失っているだけだ」

と天堂は言った。「しかし、君の返事次第では、あの青年に薬を注射することになるだろうな」

「やめて！　あの人にそんな――」

「では、わたしの言う通りにするかね？」

英子はよろよろと後ずさって、壁にもたれると、両手で顔を覆った。――今は仕方ない。ほかに道は残されていないのだ。その内に、きっと何か方法が見つかる。きっと……。

「分ったわ」

英子はうなずいた。

「言われた通りにするわ」

「きっとそう言ってくれると思ったよ」

天堂はそう言って満足げに微笑んだ。

# 第三章　ひとりぼっちの戦い

## 1　見えない牢獄

「ああ、なつかしい……」

自分の家に近い駅に降り立った英子は、思わず口に出してつぶやいていた。

姿を消していたのは一か月半くらいのものだったが、英子はまるで何年ぶりかで家へ帰って来たような気がした。しかし、それも当然かもしれない。あの〈青春共和国〉で体験したショックの数々は、何年分もの経験を、たったひと月半でしてしまったようなものだ。

しかし、それはまだ終ったわけではない。むしろ、これから始まると言ってもいいくらいなのだ。

純夫は共和国に捕えられたままで、英子が天堂に言われた通り、麻薬を売りさばく組織の一人として働かなければ、薬を射《う》たれて、廃人同然にされてしまう。

英子にとっては、自由になったとはいっても、目に見えない鎖で縛られているのも同じなのである。

「さあ、電話したまえ。きっと両親が喜ぶよ」

と言ったのは石井刑事だ。英子は金のために天堂の言うなりになっている、この刑事をきっとにらみつけた。

「電話ぐらい一人でかけられるわよ！」

「君がちゃんと、教えられた通りに話をするのを、確かめなくちゃならんのでね」

石井は英子ににらまれても一向に平気なものだ。英子は本当に石井の顔を思い切りひっかいてやりたい気分だったが、今はじっと我慢していなくてはならない。きっと――きっと、その内に機会がめぐってくるはずだ。

英子は駅前の電話ボックスに入った。石井はちゃんとドアを開いたまま押えて、

「さあ、かけなさい」

と促す。英子は自宅の電話番号をまわした。

「はい、三神です」

なつかしい母の声が聞こえると、英子は胸が一杯になって、言葉が出なくなってしまった。

「もしもし？　どなたですか？」

と母は不思議そうにきいて来る。

「私よ、お母さん」

「英子！　お前……」

母の方も一瞬、言葉につまったようだ。「今……どこにいるんだい？　元気なの？

一人でいるの？」

「そんなに一度にきかないでよ」

と英子は思わず笑っていた。「駅前にいるわ、一人で。元気よ。家へ帰るわ」

「よかった！　じゃ、すぐ迎えに行くからね！」

「帰れるわ、大丈夫よ」

「いいえ、そこまで行くから、じっとしているのよ、分ったね？」

英子にも母の気持ちは良く分った。また娘がどこかへ行ってしまうのではないかと心配なのだろう。

「分ったわ、待ってる。でもね、お願いだから、何もきかないでちょうだい。わたしのことを信じて、お願いよ」

「分ったわ。約束するから――だから、そこにいるのよ！」

電話を終えると、英子は石井の方へ向いて、

「これでいいんでしょ？」

「そうだ。じゃ、わたしは失礼するよ。その内、天堂の方から連絡があるだろう」

「――承知してるわ」

英子は目を伏せながら答えた。あんな悪党の手伝いをするなんて死ぬよりつらいことだ。すると、石井が英子の肩へ手を置いて、

「元気を出すんだ」

と言って、それから駅の方へ戻って行った。英子は石井の言葉に、思いもよらないやさしさを感じて、戸惑っていた。それは本心からの慰めのようだった……。

「英子！」

振り向くと、母が走って来るのが目に入った。

「よく無事に帰って来てくれたねえ……」

英子を、まるで大事な客のようにソファへ座らせておいて、紅茶をいれてやりなが

ら、恭子はそう言って、思わず涙ぐんだ様子。

「心配かけてごめんね」

と英子は言った。それ以上のことを言えないのが、何よりつらい。

「いいのよ。お前が帰って来てくれさえすれば、何もきかないわよ」

一緒に紅茶を飲むと、やっと二人とも少し興奮がおさまったようだ。

「――それじゃ、成瀬君が迎えに行ったわけじゃないのかい?」

と恭子にきかれて、英子は、

「そ、そうじゃないわ。一人で戻って来たのよ」

とごまかした。

「そう。じゃ、成瀬君、むだ足だったのねえ、あの青春共和国って所へ行ったはずだけど」

「その内帰って来るわよ。何しろ、カメラマンなんて風来坊なんだもの」

書き置きに隠した暗号文は、偶然そうなっただけだ、と苦しい言い逃れをしたが、母も英子さえ帰れば他のことはどうでもいいわけで、深くきこうとはしなかった。

その夜は、出張先から飛んで帰って来た父も一緒に外で食事をとり、英子の帰宅を祝った。両親の気持ちがうれしいだけ、英子は隠し通さなければならない秘密のことを考えると、心は重く沈みがちだった……。

　食事を終えて帰宅すると、ちょうど電話が鳴って、恭子が出た。

「はい、ちょっとお待ち下さい。……英子、電話よ」

「だれから？」

「名前は聞かなかったけど、男の人よ」

「はい、英子です」

　と電話に出ると、

「やあ、天堂だよ」

　と、あの自信にあふれた声が聞こえて来て、英子は思わず身を固くした。

「何のご用？」

「どうかね、久しぶりのわが家《や》は？　いいものだろうが。――君の恋人は大切に扱っているから心配ないよ」

「それはどうも」

「さっそくだが、近々君にも働いてもらうことになると思う。恋人のためにも、良く働いてくれるだろうね」

「分ってるわ」

忍び笑いが不気味に伝わって来る。英子は受話器をおろした。

「期待しているよ」


翌日から学校へ出ると、また大変だった。表向き病気のため休学ということだったが、生徒たちはみんな英子が駆け落ちしたと思っていたから、休み時間になると英子は質問攻めにあった。

校内新聞の担当者などは、

「〈私の駆け落ち〉って告白手記を書かない？」

などと言い出す始末。


英子はすっかりくたびれてしまった。

授業が終って、友人たちの誘いも、「疲れてるから」と断り、英子は急ぎ足で家路をたどった。

家の玄関先まで来た時、

「もし……」

と声をかけられ、英子はギョッとした。黒メガネにソフト帽を目深《まぶか》にかぶった男だ。

「何でしょう？」

「わたしです、湯浅ですよ」

天堂の部下だ。英子は、もう自分の〝仕事〟が来たのかと思った。だが、湯浅はちょっと周囲の様子をうかがってから、意外なことを言い出した。

「あなたの力になりたいんですよ」

「どこか二人で話のできる所はありませんか？」

湯浅はひどく用心深い様子で、しきりに周囲へ目を配っている。

「どこか、って言っても……。じゃ、私の家へどうぞ」

「それはありがたい。しかし、おうちの方がいらっしゃるでしょう？」

「たぶん母は買い物へ出てると思いますわ。——どうぞ」

英子はカギを開けて家へ入った。やはり母は出かけていた。

「お茶でも——」

と英子が言いかけるのを、

「いや、そんなひまはありません」

と湯浅はさえぎって、「ともかく、早く話をすませて帰らないと」

「それじゃ、どうぞ居間へ。座って下さい」

湯浅はソファへ座るなり言った。

「本当に大変な目にあいましたね。あの若者は元気でいますから、心配いりませんよ」

「そうですか」

湯浅の言葉は暖かく、英子を安心させてくれた。「でも、どうして私の力になりたい、なんて……」

「疑うのはごもっともです。何しろわたしは天堂に雇われている身ですからね。しかし……」

湯浅はゆっくり首を振ってため息をついた。「わたしは天堂に恩がありましてね。会社がつぶれて、一家で首をつらなきゃならんというとき、天堂が助けてくれたんです。それで彼の仕事を手伝って来たんだが……。しかし、もう我慢できません。何とかしなくては、天堂のために、大勢の若者たちが、だめになってしまう」

英子はうなずいた。湯浅は続けて言った。

「それにね、わたしの息子を殺させたのが天堂だということが分ったんです」

「あの黒メガネの男が……」

「天堂に雇われている男なんです。息子が、あなたの亡くなった友だちと親しくなっていたのを知っていたので、きっと真相をあなたへ話すつもりなのだと察して、あの男に殺させたのですよ」

「そんなことだと思ってましたわ」

「わたしも見当はついていたが、確証がなかったんです。それが、一昨日、天堂が電話でしゃべっているのを立ち聞きして……。『湯浅の息子をやったときのような失敗はするなよ』と天堂が言っていたのです」

「それで天堂とたたかう気に……」

「妻ももういないし、息子も殺されて一人きりですからね。命もそう惜しいとは思いませんよ」

と湯浅は寂しそうに笑った。

「何か天堂に立ち向かう方法がありますか？」

「あなたと、あなたの恋人の若者にわたしは期待をかけているんです。あなた方ならきっとやってくれる、と」

「私だって、できるものなら天堂をとっちめてやりたいですわ。でも成瀬君が捕まっている間は、手も足も出ません」

「それをわたしが何とかしてあげようと思ってるんです。何しろわたしはほとんど島にいるが、天堂は年中方々を飛び回っていますからね。すきを見てあの若者を逃がしてやるつもりです」

「そうしてもらえたら、私、大砲でも持って島へ乗り込んでやります」

英子は張り切って言った。湯浅は笑って、

「SF《エスエフ》じゃありませんよ。ともかくあの若者へ手紙でも書くのなら、わたしが届けましょう」

「お願いします！」

英子はメモ用紙へ、大急ぎで手紙を書いた。湯浅はそれをポケットへ入れた。

「元気を出して下さい。必ず届けますから」

と微笑《ほほえ》んで見せた。

湯浅が帰って行くと、英子は飛びはねたい気分で鼻歌を歌った。

成瀬君さえ無事に逃げ出せたら、もう何の遠慮もいらない。天堂の悪事をたたきつぶしてやるんだ！

英子は、もう今からでも出撃したいような気になって、はやる心を押えながら、やたらに居間の中をグルグルと歩き回った。

「今に見てろ……あの天堂を天井《てんどん》みたいにしてやるから！」

と独りごとを言っていると、

「何してるの？」

と母の声がした。

「あら、いつ帰って来たの？」

「今よ。――何してるの？」

「別に」

「だって動物園の熊みたいにグルグル歩き回って、何だかブツブツ言ってるんだもの。天丼がどうしたとか……」

「な、何でもないのよ。ちょいと天丼を食べたいなと思っただけ」

「あらそう。今日は残念ながらカツ丼よ」

と母は言って、台所の方へ行きかけたが、「ああ、すぐそこの信号のそばで男の人が倒れてね」

「え？」

「何だか知らないけど、発作《ほっさ》でも起こしたのかしら。人だかりがしてたわよ。救急車が来るのを待ってたみたい」

英子はふっと不安になった。まさかとは思ったが、

「ね、それ、どんな人だった？　見たの？」

「チラッとだけどね。黒メガネをかけてて……」

「黒メガネ？——ソフト帽をかぶってた？」

「ソフト？　ああ、そう言えば、近くに転がってたみたい……英子！　どうしたの？」

英子は母の声を後に家を飛び出した。まさか——まさか、湯浅までが……。

ちょうど、救急車がサイレンを鳴らしながらやって来たところだった。英子は、人だかりの間をかき分けて前へ進んだ。

「ちょっと……ちょっとすみません」

やっと人の輪の内側へ顔が出る。——救急隊員が担架へのせているのは、間違いなく湯浅だった。

英子は一瞬、クラッと目まいがした。湯浅までが……。偶然のはずはない。きっと天堂に、逆らおうとしているのが分ってしまい、やられたのだ！

やっと希望が持てると思ったのも束の間、また英子はがんじがらめに縛りつけられてしまった。

あの手紙はどうしたろう？　もし天堂に読まれたら、純夫がどんな目にあわされるか分らない。

湯浅は救急車で運ばれて行ってしまった。あのポケットに入ったままになっているのならまだいいが、湯浅を殺そうとした人間が持って行ったのだとしたら……。

足取りも重く、英子は家へ戻って来た。

「どうしたの？　えらく元気がないわね」

さっきとは打って変って、しょんぼりしてしまった英子を見て、母親が心配そうに言った。また家出でもされたら大変だと思うのだろう、気が気でない様子だ。

「夕刊取って来る」

と、英子は玄関へ逃げた。——ちょうど夕刊が来たところで、一緒に折りたたんだ紙きれが入っている。

「あら」

手に取って広げてみて目を疑った。これはさっき湯浅に渡した純夫あての手紙だったのである。

「一体だれが……」

英子は玄関から外へ飛び出した。表には、それらしい人影は見当たらなかった……。

## 2　奪われた薬

一週間が過ぎた。

英子の周囲も、しだいに平静を取り戻して来て、毎日の生活は、行方不明になる前と少しも変らないテンポに落ち着いて来ていた。

学校でのうわさも、やかましかったのは三、四日の内で、今の女学生たちは、目まぐるしい早さで話題も興味も移って行くから、英子も、もう質問攻めでわずらわされることはなくなっていた。

英子はホッとしながらも、こうして毎日をのんきに過ごしている間にも、純夫さんはどんな目にあわされているか分らないんだわ……などと考えると、つい気も沈みがちになるのだった。

しかし、英子は家では努めて明るくふるまうようにしていた。少しでも元気なく考え込んでいたりすると、父や母が気が気でない様子になるからだ。また家出されたら、と思うのだろう。

純夫が無事でいるかどうかも分らない代わりに、天堂や石井刑事からは何の連絡もなかった。英子に会いに来て、すぐ後に負傷して救急車で運ばれていった湯浅も、その後どうなったのか、全く分らない。

何も起こらないのが、ありがたいような、それでいてもどかしいような、中途半端な毎日だった。

日曜日、英子は久しぶりでクラスメイトの河原早苗《かわはらさなえ》と一緒に映画を見に出かけた。――特に親友というほどの仲ではないが、割合い気楽に付き合える女の子である。何より優等生なので、英子の母が気に入っている子だった。

「久しぶりだなあ、銀座なんて」

歩行者天国の人混みを二人で歩きながら、ふと英子は言った。

「ね、英子、やっぱりいいもんでしょう」

「え？」

「あなた、駆け落ちして、どこに行ってたの？」

「そ、それは……どうだっていいじゃない。もう忘れたいのよ」

と英子は逃げた。

「それなら、無理にはきかないわ」

早苗もあっさりとあきらめた。早苗のこういうところが、英子にはありがたいのである。

「でも、うらやましいわ、私」

パーラーへ入って、アイスクリームを食べていると、早苗が言い出した。

「何のこと？」

「あなたは家を飛び出すだけの勇気があるんだもの。私なんか箱入りどころか鳥籠《とりかご》入りみたいなものよ。それに慣れちゃってて、出て行く気さえない。――時々、自分でいやになるわ」

早苗はいかにも良家のお嬢さんという感じで、事実、英子の家の何倍あろうかという大邸宅に住んでいるのだ。

「そんなことないわよ。別に私だって勇気があるわけじゃないし」

と英子が当たりさわりのない程度のことをしゃべっていると、二人のテーブルの横にだれかが立った。

「英子」

と呼びかけられ、顔を上げると、見たことのない青年が立っている。まだ二十歳《はたち》前後だろう。ちょっとハンサムな、しかし不良じみた感じのする若者だ。

「あの――」

どなたですか、と言おうとすると、その若者は、

「どうして黙って逃げちまったんだ？　ずいぶん捜したぜ」

となれなれしく英子の肩へ手をかけて来る。「家へ帰りたくなったのなら、そう言えばよかったんだ。……ほら、これ、お前が置いてっちまった物だよ」

と若者が紙の包みをテーブルに置く。――英子はやっと分った。とうとうやって来たのだ。天堂からの初仕事が……。

「こっちは友だちかい？」

英子の前へ紙包みを置くと、その若者は早苗の方へ向いて、言った。

「あの――」

と英子が言いかけると、早苗が、

「英子さんのクラスメイトの河原早苗といいます」

と名乗った。若者はニヤリとして、

「おれは健次《けんじ》っていうんだ。英子とはちょっとした知り合いでね」

英子はムッとした。こんな天堂の手下と恋人なんてことにされちゃかなわない。

「もう帰って下さい」

と健次と名乗った若者の方をにらんで、「これを渡したら用はないんでしょ」

「分ったよ。冷たくなったな。じゃ、また会おう」

と健次が皮肉っぽい笑顔を見せて行ってしまうと、英子は溜息《ためいき》をついて、目の前の紙包みを見つめた。——これが、恐ろしい麻薬なのだろうか？

これをわたしが売りさばく手伝いをすれば、何人、何十人もの若者たちが薬に犯されてしまう……。しかし、それを拒めば、純夫の命がないのだ。

「ねえ英子」

と早苗に声をかけられて、英子は我に返った。

「え？　何なの？」

「今の人が……例の駆け落ちの？」

英子はためらったが、ということにしておかなくては、話がおかしくなってしまうので、仕方なく、

「ええ、そうよ」

とうなずいた。「いやな男でしょ」

「すてきじゃないの！　いい男だし」

「見かけだけよ」

「それにしたって……。あんなに冷たくしなくてもいいんじゃない？」

「もうやめましょうよ、その話は」

と英子はきっぱりと言った。

夕方、二人は駅前で別れた。——早苗が、駅前のケーキ屋で好きなケーキを買い込んでいると、

「ちょっと……」

と声がして、振り向くとあの健次という若者が立っていた。

「あら、さっきの……」

「実はちょっと英子のことで相談に乗ってもらいたいと思ってね。後をつけて来たんだ。勝手なことをしてすまねえけど……」

その照れくさそうな笑いが、早苗の心をくすぐった。英子はいやな男だと言ってたけど、良さそうな人じゃないの。

「私でお力になれるんでしたら」

「そう言ってもらえると助かる。——お茶でも飲みながら話を聞いてもらえるかい？」

「ええ。いいですわ」

ちょっとわくわくしながら、早苗はうなずいた……。

英子は手にした紙包みを見てはため息をついて、家への道をたどっていた。――恐れていたものがやって来てしまった。

どうすればいいのだろう？　警察へ届けたりすれば純夫の命はないし、それに警察にだって石井のように、天堂の言うなりになっている人間がいるのだ。

「何かいい方法はないのかしら」

とつぶやいた時だった。突然、だれかが英子にぶつかって来て、英子は、アッと声を上げて道に倒れた。

「何するのよ！」

と起き上がりながらどなる。ぶつかって来たのは、ジャンパーを着た一見してチンピラ風の男だった。男は落ちていた紙包みをひっつかむと、駆け出して行く。

「待って！　待ってよ！」

英子は叫びながら、あわてて男の後を追って走り出した。

男の後を必死で追いかけたものの、男の姿は入り組んだ道のどこかへ消えて、英子はついにあきらめた。途方にくれて家へ戻る。それにしても、あの包みを奪って行った男は何者だろう？　チンピラヤクザ風だったが、包みの中味を知ってねらったのかどうか。

　電話が鳴った。いやな予感がした。

「やあ、君か。元気かね？」

　と案の定《じょう》、天堂の落ち着き払った声。

「包みは受け取ったね？」

「え、ええ……」

　英子はためらいながら答えた。盗まれた、などと言っても、耳を貸してはくれまい。

「よろしい。いいかね、明日、学校へ行く時、紙包みの中の四つのビニール包みのうちの二つを鞄《かばん》に入れて出るんだ。見た目はメリケン粉と変わらん。学校へ行く途中で君に道を聞く人間がいる。『この辺に教会はありますか？』ときいて来る。そうしたら君は、『あるけど少し歩きます』と答える。それが合言葉になっている。相手がかかえていた紙包みを落とすから、君はそれを拾う手伝いをしながら、例の包みを一つ、その紙袋に入れてやれ。それを二度くり返すんだ。分ったね？」

「――分ったわ」

　部屋へ入って、英子は考え込んだ。一体どうすればいいのだろう？

　薬……。粉末になっているらしい。メリケン粉と変わらない、か……。

「そうだわ」と、英子は口に出してつぶやいた。

英子は翌朝、いつも通り家を出た。鞄の中にはビニール包みが二つ入っている。むろん中身は麻薬ではない。本物のメリケン粉である。お母さんが首ひねるかな。緊急の場合だ。多少の迷惑は辛抱してもらわなくちゃ。

英子とて、こんなことをしても、すぐに分ってしまうのは承知していた。しかし、ほかにいい方法を思い付かなかったのである。ともかく、あの紙包みの四分の一の量の粉末といえば、かなりの量になるに違いない。

それをまたいくつにも分け、配って行くのだろう。そうなれば、何日間か、時間をかせげるかもしれない。その間に何とかして、天堂に対抗する道を見付けなくては……。

駅まで来て定期券を出そうとしていると、

「失礼」と声をかけて来た男がいる。「この辺に教会はありますか?」

とっさのことで、英子は言葉が出て来ない。

「あ、あの……、その……」

と詰まって、エヘンと咳払《せきばら》いしてから言った。「あるけど――少し歩きます」

「そうですか。――あっ」

と話の通り大きな紙袋を落とす。

「あ、私が拾います」

二人が同時にかがみ込んで、他人の目から手もとが隠れる。英子は鞄の中からメリケン粉の包みを取り出し、相手の紙袋へほうり込んだ。

「どうもありがとう」

と言って歩いて行ったその男は、どこから見ても平凡なサラリーマンだった。英子は、人は見かけによらないもんね、と首を振った。ともかくこれで一人の手にメリケン粉が渡ってしまったのだ。もう後戻りはできない。

二人目は、もう学校が間近になってから接触して来た。今度は買い物かごをさげた、ごく当たり前の主婦だ。同じやりとりをくり返し、包みを渡して、ほっとする。

それにしても、あんな人までが麻薬組織の一員だなんて。英子はあきれるばかりだった。

「おはよう、英子！」

そこへ声をかけて来たのは、クラスメイトの河原早苗だった。

「あら、おはよう」

「昨日《きのう》は面白かったね」

「うん。——付き合ってもらって、ありがとう」

「何よ。友だちにそんなこと言うなんて、おかしいわよ」

「ね、変なのに会ったこと、みんなには言わないでね」

「変なの？——健次っていう人のこと？」

「ええ、そう」

「駆け落ちまでした恋人を〝変なの〟は気の毒よ。——いいわ、黙っててあげる。約束するわ」

「ありがとう」

二人は校門へ向かって急いだ。

下校はやや遅くなった。

英子は一人で校門を出ると、腕時計を見ながら足を早めた。

突然、だれかが前に立ちはだかって英子は足を止めた。

「待ってたぜ」

と言ったのは——あの男だ！　あの紙包みをかっぱらって行った男だ！

思わず、後ずさった英子は、背後にも足音を聞いて振り返った。

同じようにチンピラ風の若い男が二人、英子の行く手をさえぎるように立っている。

「な、何の用なのよ！」

「おとなしく一緒に来な」

と目の前の男が英子の鼻先へ、銀色のナイフを突きつけて来た。

## 3　壁を突き破れ！

小さなバーだの焼鳥屋《やきとりや》だのが、まるでギュウギュウ音でも立てそうなほど、ひしめき合っている狭い路地を、英子は歩いていた。むろん両側にはピタリとチンピラ風の男が寄り添い、逃げ出さないように、がっしり腕をつかまれている。

まだ暗くならない時間なので、立ち並ぶ店はどこも開いていない。

あの薬の包みをかっぱらった男は、英子の前を歩いていたが、一軒のバーの前で足を止めると、

「ここで待ってな」

と言って、店のわきの、狭い階段を駆け上がって行った。——一体わたしをどうする気なのかしら？

心配ではあったが、この狭苦しい通りでは、悲鳴を上げれば、誰かの耳に入らずに

はいないだろう、と思うと、少し安心して気持ちが落ち着いて来る。
二、三分たつと、上から、
「上がんな」

と声がして、英子は階段を上がって行った。

「この娘ですよ」

と若い男が言うと、ごみごみした事務所だか物置だか分らないような部屋の奥のデスクへ足を乗っけていた男が、

「何だ、この小娘か？」

と声を上げた。

「――驚いたな！　天堂の野郎、ガールスカウトでも使ってやがるのか？」

男は五十歳かそこいらだろう。えらく太って、赤ら顔。頭はきれいにはげ上がって、太い眉毛の下から、ずる賢い目が、英子をジロリと見つめた。

「私に何の用なの？」

英子は怖がっている様子を見せまいと、わざと突っかかるように言った。

「あの包みを返してくれるの？」

「包みを返す？　いい度胸だな、おい！」

と言って相手は笑った。

「じゃ、何の用なのよ？　忙しいんだから早くしてよ」

「いいか、そんな生意気な口をきくな！……おれを知ってるか？」

「知るわけないでしょ」

「おれはな、倉田《くらた》ってんだ。天堂の商売敵《がたき》さ」

「へえ」

自家用機を乗り回し、高級な背広を着こなす天堂がライオンとすれば、この、ヨレヨレの背広を着た倉田という男はノラ猫というところだ。大分スケールが違う。

「いいか。こっちは天堂の薬を押えてる。お前、薬を盗まれたことを天堂へ報告したか？」

英子は黙っていた。

「しちゃいまいな。そんなことが分ったら、天堂がお前を生かしちゃいない。――どうだ、図星だろう」

「だったらどうだっていうのよ？」

「何だ。えらくいばってやがるな」

と倉田はつまらなそうな顔になって、「ちっとは青くなるとかしたらどうだ。面白くねえ」

変な奴。英子は、この男、頭の方はかなり粗雑にできてるらしいわ、と思った。親分がそうなら、当然子分の方だって大したのはいないに決まってる。

「信号じゃあるまいし、そう簡単に色は変らないわよ」

「そりゃそうだな。――じゃ言ってやらあ。お前、これから天堂の薬を運ぶ時はおれに知らせるんだ。さもねえと……」

と凄んでみせるが、ちっとも怖くないのである。

「どうするのよ?」

「どう、って……。どうするかな」

「頼りないのね。つまり薬を横取りする気ね?」

「ま、そんなとこだ」

英子の頭にふとある考えがひらめいた。そうだ。このピンチを逆に巧《うま》く利用すれば……。

「だけど、そう簡単にゃいかないわよ」

と英子が言うと、倉田は口をとがらせて、

「どうしてだ?」

「当たり前じゃないの。天堂だって馬鹿じゃないわ。私が裏切ったってことぐらいすぐ分るわ。そうなれば、私だって殺されるのはいやだもの、あなたにおどされてやったってしゃべっちゃう。そうなれば、あなたたちなんか簡単にやられちゃうから」

倉田はムッとした様子。

「そう簡単にやられてたまるか！」

「だって、あなたの子分って、この三人しかいないんでしょ？」

「馬鹿にするな！」

と倉田は真っ赤になって怒鳴った。

「あら、ほかにいるの？」

「もちろんだ！　あと二人いる！」

「大して変わんないじゃないの。どっちにしたって、天堂たちとまともにやり合って勝てやしないことは分るでしょ？」

「そりゃ、まあ、な……」

と倉田が渋々うなずく。

「だったら、もっと頭を使わなくちゃ」

「どうするんだ？」

どっちが親分だか分らなくなって来た。

「天堂の本拠地はね、〈青春共和国〉っていう島なのよ。そこで薬を作ってるし、子分たちも大勢いるわ」

「それで？」

「そこを襲撃するのよ」

「襲撃？」

倉田が目を丸くする。

「そう。もちろん正面切って撃ち合うんじゃなくて、こっそり忍び込むのよ。そして……」

英子はわざと声を低めた。

「おい、飯《めし》はすんだか？」

見張りの男が、ドアの小さな覗き窓から声をかけた。――返事がない。

「おい！　何とか言え！」

すると……部屋の中から、ウーン、とうめき声が聞こえて来た。

「何だ、どうした？」

と見張りが怒鳴ると、中から、苦しげな声が、

「食った物が……悪くなってたんだ……」

と返事をした。「頼むよ……胃腸の薬をくれ……」

「何だと？　腐ってたのか？」

「きっと……卵だ」

「ふん、そいつは運が悪かったな」

「薬をくれよ……苦しい」

とうめき声はますますひどくなる。

「よし、待ってろ。薬箱に何かあったはずだ」

やれやれ、厄介《やっかい》な奴だ、と見張りはぶつぶつ言いながら、薬を取りに戻った。天堂から「大切に扱え」と言いつけられているから、そうほうっておくわけにもいかない。

薬を手に戻って来ると、部屋の中からは、ますます苦しそうな声。仕方なく、見張りはドアの鍵を開けると、

「おい、大丈夫か？　薬を持って来てやったぞ」

と言いながら、ベッドの方へ近付いて行った。

タイミングを計っていた純夫は、見張りがベッドのすぐわきへ来た時、やおら足を

のばして、エイッと力一杯見張りの腹を蹴った。

いかにがっしりした男とはいえ、不意をつかれて、見張りは数メートル後ろへふっ飛んだ。そして壁へいやというほど頭をぶつけて、そのまま床へズルズルと崩れてのびてしまった。

「やったぞ!」

純夫はベッドから飛び起きると、倒れている見張りへかけ寄り、完全に気を失っているのを確かめ、廊下へと滑るように出て行った。

廊下は静まり返って、人影はなかった。

純夫も自分の立場が分らなかったわけではない。自分が捕えられているせいで、英子が天堂の仕事を手伝わされているのは、天堂自身から聞かされていた。

英子がどんなにつらい思いをしているか、純夫にもよく分っていた。

だが、焦っても逃げられるものではない。一度失敗すれば、今度はおそらく薬を射たれて、逃げ出すことのできない体にされてしまうだろう。だから今の今まで、じっと我慢を続けていたのである。

しかし、ついにやった!

純夫が一度も逃げようとしないので、見張りも純夫への警戒心をゆるめていた。だからこそ、腹痛を訴えても、すぐに信用したのだ。

純夫は、慎重に廊下を進んで行った。——あの見張りは、えらく頑丈な男である。そういつまでも気を失ってはいまい。手早くやらなければ！

建物から外へ出ると、まるきりの暗がりで、右も左も分らない。しかし、潮風が強く吹きつけて来て、やっと外へ出たのだという実感が湧いて来た。

さて、どこへ逃げるか、だ。ここは島である。ということは歩いては逃げられないのだ（当たり前だ）。船を使うほかはないが、その船は、島の反対側、共和国の施設がある側の船着き場にしかない。

ともかく島の反対側へ出なければならない。純夫は少し暗がりに目が慣れて来ると、海とは逆の方向へと斜面を登り始めた。

ちょっと骨だが、山を越えて反対側へ出るほかはない。そうでないと、この夜中に、あの危険な崖っぷちを渡らなくてはならないのだ。

純夫は、ふと足を止めた。

「待てよ……」

天堂の見張りたちは一体どうやって、島の反対側と行き来しているのだろう？　まさか山を登り下りしたり、あの崖の上を通って来るわけではあるまい。

「そうか」

どこか、島の反対側へ通じる地下道があるに違いない。それは……きっとあの監禁されていた建物に入り口があるのだろう。

もっと早く気付けばよかった、とくやんだが、今からでも間に合うかもしれない。

純夫は逆戻りして、再びあの建物へ入って行った。廊下を急いで走り、閉じ込められていた部屋をチラとのぞくと、見張りの男が、

「ウーン」

と唸《うな》って起き上がろうとしている。純夫はあわてて部屋の中にあった椅子を引っつかむと、エイッと男の上へ力任せに振り下ろした。

手応《てごた》えがあって、椅子はメリメリと音を立てて壊れ、男はまた床へドタリとのびてしまった。

「危ない所だったな……」

と呟《つぶや》いてホッと胸をなでおろす。

「早く地下道の入り口を捜さなきゃ」

純夫は廊下へ出て、さて、どこだろう、と見回した。落ち着いて考えるんだ。——

たぶん、地下道は建物の、山に近い側にあるに違いない。その方が、少しでも地下道

は短くて済むからだ。

すると……廊下の奥だ！

純夫は奥へと急いだ。突き当たりを曲がると、重い鉄のドアがあった。試しに引っ張ってみると、ギギ……と音がして開いて来る。

やはりここだ！　純夫は思わずニヤリとした。そして下へ続く階段を下りようとして、足を止めた。

階段の下の方から、話し声が近づいて来たのだ。

誰か来る！

純夫はとっさに廊下へと逆戻りしてドアを閉めた。しかし、こうしてはいられない。声からすると、二、三人はいるようだ。すぐにも上がって来て、そして純夫が逃げ出したことも発見されてしまうだろう。

「捕まったらおしまいだぞ！」

純夫は自分に言い聞かせるように口に出して言った。そして廊下を出口の方へと……。

「——あの若者、おとなしくしているか？」

ドアが開いて出て来たのは天堂だった。

「はい、神妙にしています」

と一緒に来た部下が答える。

「そうか」

と天堂はうなずいて、「そろそろいい頃だな」

「──といいますと？」

「そろそろ〝実験台〟にしてもいい頃だと言うんだ」

「しかし、あの男は、例の娘に言うことをきかせるために──」

「考えてみろ。あの娘はもうやってしまったんだ。一度手伝えば共犯だ。後は、ズルズルと深みにはまっていくさ。人質など必要ない」

「なるほど」

「なんなら、あの娘にも少し薬を射って中毒にさせてもいいが、そうなるとせっかくの頭が鈍るからな。もう少し待ってろて──」

と言いかけた天堂の言葉が途切れた。純夫の閉じ込められていた部屋のドアが開いているのを見つけたのだ。

「おい！　おかしいぞ、見てみろ」

「はい！」

部下があわてて飛び込む。

「大変です！　逃げられました！」

天堂は、床にのびている見張りを見下ろすと、怒りに青ざめた。

「何てざまだ！――早く、島中に警報を出せ！　何としても見付け出すんだ！」

「は、はい！」

部下が急いで建物の出口の方へと駆け出して行く。

五分としない内に、島中にサイレンが鳴りわたり、サーチライトが夜を引っかき回すように、目まぐるしく右へ左へと走った。

共和国の事務所へと戻った天堂は、

「いいか、船がなきゃ、この島からは出られんのだ！　船に全部見張りをつけろ！」

と命じた。そして、窓から、暗い戸外を、ライトを手に、純夫を捜しに行く部下たちを眺めながら、

「馬鹿なやつだ。すぐ捕まるのに……」

と呟いた。

天堂の部下たちは必死になって、島中をくまなく捜し回ったが、一か所だけ調べない所があった。そこに純夫は隠れていたのである。

純夫は、閉じ込められていた部屋のベッドの下に潜り込んでいたのだ。

「やれやれ、危機一髪だったな」

と純夫はそっと独り言を言った。のびていた見張りも、叩き起こされて、飛び出して行って、やっと一人になった。

ドアは開きっ放しになっているから、いつでも出ては行けるが、今はとても無理だ。

――しかし、何とかピンチは切り抜けたものの、さて、これからどうするか？

いつまでもここにこうしているわけにもいかない。それに天堂は馬鹿ではない。島中捜して見つからないと分れば、もう一度ここを調べさせるかもしれない。

見付かったら、それこそ一巻の終りだ。

「あいつがいなけりゃな」

と純夫はいまいましげに呟いてから、はっとした。

天堂がこの島に来ているということは、天堂の飛行機もここにあるということだ！

# 第四章　悪魔をやっつけろ

## 1　脱出

　英子が家へ帰ると、母がほっとした顔で、「遅かったわねえ」と言った。娘の帰りが少しでも遅いと、またどこかへ行ってしまうのではないかと心配なのだろう。

「ちょっとクラブの用でね」

と鞄《かばん》をほうり出して、「ああ、お腹すいた！」

とソファにドサッと座り込む。

「すぐご飯よ。着替えてらっしゃいな」

「はーい」

と答えて立ち上がると、電話が鳴った。「わたし、出る」

と受話器を取り、

「三神です」

「英子か？　健次だよ」

英子はチラッと母親が台所の方へ行ったのを確かめてから、

「何の用ですか？」

と低い声で言った。もうメリケン粉を薬の代わりに渡したのがばれたのかしら？

「冷たいな。元は恋人同士のはずだぜ」

健次は愉快そうに言った。

「用があるなら早く言って下さい」

「どうだ？　ちょっと付き合わねえか？」

「どういう意味です？」

「せっかく仲間になったんだ、お互い、仲良くやるべきだろう？　だからさ、ちょっと出て来ねえかと言ってるんだ」

どうやら、ただ英子を誘い出したいだけらしい。誰があんたなんか、と言おうとして、思い直し、

「夜は無理です。両親に怪しまれるし……」

「それもそうだな。じゃ明日の昼間はどうだ？」

「学校が──」

「そんなもの、ほうっときゃいいじゃねえか」

英子の頭は素早く回転した。

「いいわ。じゃどこで？」

「そう来なくっちゃ！　駅の前で待っててやるよ」

「近所の人に見られたらまずいわ」

「よし、それじゃ、N公園に十時だ。それでいいか？」

「十時ね。分りました」

「待ってるぜ」

いやらしいニヤニヤ笑いが声からだけでも想像できて、英子は身震いした。──今に見てらっしゃいよ！

茂みの陰から、純夫はそっと顔を出した。──夜の滑走路には人影がなかった。みんな純夫を捜すのでかり出されているのだろう。純夫はそっと茂みから出ると、格納庫へ向かって走った。

小さなドアを開け、中へ入ると、照明に照らされて、天堂の飛行機が目の前にあった。

「うまいぞ！」

と呟いて、あたりの様子をうかがい、そっと飛行機へ近付いて行く。乗り降りする扉は閉まっていた。まあ、そう何もかも巧く行くはずもない。

さて、どうしようか、と腕組みをして考えていると、

「おい、誰かいるのか？」

と突然声が響いて、純夫はびっくりした。あわてて身をかがめ、飛行機の車輪の陰に隠れる。

入って来たのは、整備士か何からしい。作業服を着ている。ぐるりと中を見回して、

「ふん、気のせいかな」

と呟くと、大あくびをした。ぶらぶらと飛行機の方へ近付いて来る。——まずい！このままじゃ見付かる！

純夫は唇をかんだ。まともに取っ組み合って勝てる相手ではない。純夫は身を縮めて、息を殺した。

整備士が近付いて来る。

もうだめだ！――一か八か、体当たりしてやろう、と純夫は身構えた。その時、また格納庫へ入って来た男があった。

「おい」

「何です？」

と整備士が戻っていく。入って来たのは、天堂の秘書、高松だ。天堂のこの自家用機に英子と一緒に初めて乗った時、案内をした男である。

「明日の朝、発《た》つからな」

と高松が言った。

「朝？　午後って話じゃなかったですか？」

「予定が変ったんだ。朝九時には飛び立てるようにしておけよ」

「分りました」

高松は出て行った。整備士は、

「ちぇっ、でかいつらしやがって、何だ！」

と文句を言いながら、「仕方ねえ、燃料でも入れるか」

と、格納庫の奥の方へと歩いて行った。

今だ！　純夫は車輪の陰から出て格納庫の反対側の方へと、足音を忍ばせながら走った。ドラム罐《かん》だの、木の箱だの、身を隠す物には事欠かない。――安全な所へ落ち着いて、純夫はホッと息をついた。

後は、どうやって飛行機の中へ潜り込むか、だが……。

ともかく、焦ってもどうにもならない。見付かってはおしまいなのだ。純夫は、じっと息を殺しながら、様子を窺《うかが》っていた。

整備士は、燃料を入れ終えると、車輪だの翼の状態を調べているらしかったが、そのうち、扉を開けると、中へ乗り込んで行った。

どうする気だろう？――見ていると、整備士は、ニヤニヤしながら出て来た。手には、ウイスキーのびんを持っている。

そうか。あの飛行機には色々な飲み物が積み込んである。当然ウイスキーも、天堂の好みで、最高級のものが置いてあるに違いない。

どうやら、あの整備士、それをちゃっかり失敬するつもりらしい。

どこからかコップを持って来ると、整備士は手近な箱に腰をおろして、飲み始めた。

飛行機の扉は開いたままだ。今なら、あの整備士さえいなくなれば……。

純夫はしばらく考えてから、決心すると、近くに落ちていたボルトを拾った。――

あまり野球はやったことがないが、今はそんなことを言ってはいられない。

しっかりとボルトを握りしめ、そっと顔を覗かせる。整備士は、

「いい酒を飲んでやがるなあ、畜生……」

などと呟きながら、純夫にはまるで気付いていない。

「よし……」

慎重に狙いを定めて——とはいえ九割までは神だのみだが、エイッとボルトを投げた。空を切って、ボルトは奇跡的に、格納庫の入り口のドアにガン、と当たった。

整備士はびっくりして飛び上がった。

「誰だ！」

と大声を上げ、あわててウイスキーのびんを箱の陰へ隠す。

「誰かいるのか？」

整備士は入り口の方へ歩いて行くとドアを開けて、外を覗いた。——誰もいない。

「変だな……」

と呟きながら、外へ出て、周囲を見回したが、別に人影もないので、肩をすくめて中へ戻った。

「もう一杯だけやるか」

ウイスキーのびんを手に取るとコップへ注ぎ、ぐいと喉へ流し込む。その時、純夫はもう飛行機の中へ乗り込んでいた。


朝十時。

英子はN公園の噴水の前に立って腕時計を見た。

「もう来るころね」

と見回すと、健次が、肩をゆすってやって来るのが見えた。ちょっと緊張で身震いする。

「やあ、時間は正確だろ」

「女を待たせるもんじゃないわ」

「そいつは失礼」

健次はおどけて見せた。「さて、どこへ行こうか？」

「どこへ行っても、最後はホテルかモテルでしょ」

健次はちょっとびっくりした顔になって、

「へえ！　お前も言うじゃねえか」

「当たり前よ。見かけ通りの優等生だと思ったの？」

と英子はぐっと気取って、「どこかで飲まない？　アルコールよ、もちろん」

「昼間から？」

「夜は付き合えないのよ。一杯飲んで、それから、ホテルでもあなたの部屋でも、好きな所へ行きましょ」

「こいつは話せるじゃねえか！」

健次は嬉しそうに、英子の腰へ手を回した。英子はゾッとしたが、無理に笑って見せる。「知ってるバーがあるの。いつでも飲ませてくれるわ。付き合ってよ」

「ＯＫ」

「じゃ、行きましょ」

英子はわざと口笛を吹きながら歩き出した。――今に見てろよ、と内心歯をむき出しながら……。

「ここよ」

「何だか薄汚ねえバーだな」

と健次は言った。「閉まってるじゃねえか」

「二階へ上がるのよ。なじみの客だけ入れるの」

「見直したぜ！」

と健次は愉快そうに英子の肩を叩いた。「じゃ、行こう」

二人はバーのわきの狭い階段を上がって行った。

「さ、入って」

ドアを開け、英子は健次を促した。中へ入った健次へ、倉田の子分三人が一斉に飛びかかった。


「気分はいかが?」

「この野郎！　こんなことをして、ただで済むと思ってんのか！」

いくら健次が凄んでも、何しろ手も足もぐるぐる巻きに縛られて、目の周りは黒いあざ。まるで迫力がない。

「もう観念しろ」

と倉田はいい気分らしい。英子が「私に任せて」と言うと、鞄を開け、中から何やら布に包んだものを取り出した。

「さあ、天堂が今、どこにいるか、言うのよ」

「へっ、誰が言うもんか」

「あ、そう」

英子は包みを開けた。中には理科の実験で使う注射器とガラスのびんが入っていた。びんの中には白い液体。英子はびんの蓋《ふた》を取ると、中の液を注射器へと吸い込ませた。

「おい……それ、何だ？」

健次が気味悪そうな声を出す。

「見りゃ分るでしょ。例の薬よ」

「ど、どうするんだ？」

「あなたに射《う》つの。うんと濃くしてあるわ。適量なんて知らないからね」

「よ、よせ！」

健次が青くなった。「死んじまう！」

「じゃ、天堂がどこか言うのね」

「そ、それは……」

と言い渋ると、英子は倉田の子分に、

「こいつの腕をまくって」

と言った。

「やめてくれ！　言うよ！　言うから！」

健次が悲鳴を上げた。

である。

「遅くなったな」

天堂が、自家用機の方へと歩いて行きながら言った。

「はい……」

高松が二、三歩後ろを歩きながら、額《ひたい》の汗を拭った。そう暑いわけでもない。冷汗である。

「あの若者はまだ必ず島のどこかにいる。見付け出さねばならん」

「よく分っております。昼間は隠れる所も限られていますから、手分けをして捜せば簡単に――」

「くだくだ言うな。ともかく見付ければいいのだ」

「はい」

天堂はタラップを踏んで機に乗り込もうとして振り返った。

「いいか、あの若者を見付けない内は、お前は東京へ帰って来るな」

「は、はい!」

と、高松が直立不動の姿勢になって答えた。天堂が付け加えた。

「万一、あいつがこの島を出るようなことがあったら、お前はわたしの前に二度と顔を見せるな」

　高松は真っ青になった。

　純夫は、飛行機の中の、サロン風の部屋にいた。といって、もちろんソファでくつろいでいたわけではない。――もっとも、朝まではのんびりとソファに座っていたのだが、また整備士がやって来る足音がしたので、奥のロッカーの中へ一旦隠れたのだった。

　しかし、考えてみると、ロッカーというのはあまり巧《うま》い隠れ場所ではない。飛び立つ前に荷物を入れたりすることもないとは言えないからだ。

　また静かになってから、純夫は隠れるのに適当な場所を捜した。そして、座席の裏側――壁との狭い隙間しかないという結論に達した。

　窓から、天堂が近付いて来るのを見て、純夫は座席の裏へと潜り込んだ。

　狭くて、寝心地がいいとはお世辞にも言えなかったが――別にお世辞を言うこともないし――ここでじっとしている他はない。

　天堂が入って来る足音がして、純夫は息を殺した。――まずロッカーを開けて、中へ何かをしまっているらしい音。やはりあそこに隠れていなくてよかった、と思った。

もう一人の足音がして、

「もう出発してよろしいですか？」と、これは操縦士らしい。

「ああ、今何時だ？」

「十二時になるところです」

「そうか。大分遅くなった。急いでやってくれ」

「はい」

あれ、と純夫は思った。あの高松という秘書は一緒に来ないのかな？

それならこっちには好都合だ。万が一見付かっても、天堂一人が相手なら、負けやしない。

機体が軽く振動を始めた。天堂がドサッとソファに腰を降ろして、ベルトをガチャリとはめる音。

すぐに機は動き始めた。純夫は血が湧き立つような気がした。

帰れるぞ！　やっとこの島から脱《ぬ》け出せるんだ！

機が滑走を始めて、純夫は座席の足にしがみついた。

「じゃ、天堂は今日共和国から帰って来るのね！」

英子は注射器を構えたまま訊《き》いた。

健次が必死で肯《うなず》く。

「そ、そうだよ」

「飛行機で？」

「ああ、そのはずだ」

英子はちょっと考え込んでいたが、

「じゃ出迎えに行きましょうよ」

と倉田に向かって言った。

「天堂をか？」

倉田が目を丸くする。

「そう。盛大にね……」

英子は何を考えているのか、ニッコリと笑った。

## 2　対決

畜生、と純夫は舌打ちした。

こっちは座席の下で、窮屈な思いをしてるっていうのに……。

飛行機は順調に飛行を続けているようだった。床に体を伏せているのでエンジンの唸りが伝わって来る。

天堂は、柔らかいムード音楽を流しながら、何やら飲み物を作っているらしく、グラスと氷の触れ合う音が純夫の耳にも届いて来た。

「失礼します」

と声がして、純夫はギクリとした。他にも誰か乗っていたのかと思ったのだ。——だが、それは操縦士に違いなかった。今の飛行機には自動操縦装置というのが付いていて、普通の水平飛行なら、機械に任せ切りにできるのだ。

「何だ?」

と天堂が訊いた。

「このまま真っ直ぐに羽田へ向かってよろしいんですか?」

「もちろんだ」

操縦士が天堂の方へ歩いて行く。——ちょっと間があって、

「予定通りだ。分ったな」

と天堂は言った。

「かしこまりました」

操縦士が戻って行く。純夫はホッと息をついた。――さて、あとどれくらいここで辛抱していればいいのかな。

向こうへ着いて自由になればこっちのものだ。天堂だろうが天井だろうが、あっという間にぶちのめしてやる！

「間もなく羽田です」と声がした。

やれやれ、と純夫は思った。しかし、思ったより早く着いたな。後もう少しの我慢だ。天堂たちが降りてしまったら、ゆっくり外へ出よう。何しろ羽田空港である。向こうだってそう妙なことはできない。

天堂が座席に着いてベルトを締める音がした。エンジンの音が変った。機体がゆっくりと降下して行くのが、純夫にも感じられた。

もう少しだ！　もう少しで羽田に着く！　自由になれるんだ！

純夫の胸は躍った。

ガクンと、軽い衝撃が突き上げて来た。車輪が滑走路に触れたらしい。――どんどんスピードが落ちた。

「ご苦労だった」

天堂の声がした。扉の開く音。天堂は降りて行ったらしい。また、飛行機はゆっくり動き出した。空港の隅へでも停めておくのだろう。

やがて機は静止して、エンジンの音も止まった。——操縦士が出て行く足音がして、後は物音一つしなくなった。

純夫は、しばらくじっと身動きもせずに待った。まだ操縦士が機の周囲をうろついているかもしれない。だが、いくら耳を澄ましても、それらしい足音一つ聞こえて来ない。

「よし」

と呟くと、純夫は隠れ場所を出た。立ち上がって、思い切り体を伸ばす。じっと狭い所に横たわっていたので、腰や首が痛い。

「こんな呑気なことをしちゃいられないんだ」

と自分に言い聞かせるように言って、純夫は扉を押した。扉が開いて……純夫は凍りついたように立ちすくんだ。

そこは羽田ではなかった。〈青春共和国〉の、飛行場の格納庫の中だったのだ！

そして目の前に天堂が立っていた。

「残念だったね」

と天堂は言った。「こういう小型機では人間一人余分に乗っていると、ちゃんと分るものなのさ。それで引き返して来たわけだよ」

純夫はがむしゃらに天堂へ飛びかかろうとして、誰かに頭を殴られ、そのまま気を失ってしまった。

「ちっとも来ないじゃないの！」

英子は健次をぐっとにらみつけた。

「そ、そんなこと言ったって……」

「嘘じゃないんでしょうね！」

英子が注射器を構えると、健次は青くなって、

「嘘じゃねえってば！　きっと何かで遅れてるんだ！」

と必死に言いわけした。

「もう三時間も待ってるんだぜ」

倉田がうんざりしたように言った。

——羽田空港の、前に英子たちが天堂の自家用機に乗ったあたりである。英子たちは、物陰に隠れて、天堂の飛行機がやって来るのを待っていた。

倉田と三人の手下も一緒だ。あんまり頼りにならないが、まあ、いないよりはましだ。

「あれだわ！」

英子は思わず言った。見憶えのある天堂の自家用機が、滑走路を近付いて来る。

「さあ、気付かれないように近付くのよ」

「こいつはどうします？」

と倉田の手下が、健次を見て言った。

「ちょいと眠らしとけ」

「じゃ、おやすみ」

健次はパンチを一発食らって、その場にのびてしまった。

機はゆっくりと向きを変えて停まろうとしている。

「今だわ！」

英子は駆け出した。操縦士に見られないように、飛行機の後ろから近付く。

完全に停まると、扉が開いて、折りたたまれていたステップが降りて来た。

「大したもんだな」

と倉田が言った。「おれの所にもプラモデルの飛行機ならあるんだが……」

「何を言ってるのよ」

天堂が姿を現してタラップへ足をかける。

「今よ！」

英子と倉田、それに三人の手下たちがいっせいに飛び出した。

「分ったよ。君の勝ちだな」

天堂は、機内のソファに腰をおろして、落ち着き払った様子で言った。「で、一体どうしようっていうのかね？」

「お前の縄張りをいただくんだ」

と倉田はご満悦の様子だ。

「大きく出たな」

天堂は苦笑した。「そう簡単に行くと思うのか？」

「思うわ」

英子が言った。「あなたを殺したりはしない。今まで通りボスのままでいいわ」

「ほう。それはありがたい」

「その代わり、こちらの言うことをきいてもらうわよ」

「どうやってきかせるつもりだね？」

「これよ」

英子が注射器を取り出すと、天堂の顔から笑みが消えた。「あの健次ってチンピラから、中毒になる適量は聞いたわ。これをあなたに注射するの。そうすればあなたは中毒患者。薬ほしさに、何でも言うことをきくでしょう」

「この娘っ子なかなか頭がいいぜ」

倉田が感心したように首を振った。

「――なるほど」

天堂は真顔になって言った。「確かに君は頭がいい」

「それぐらいの苦しみは自業自得よ」

「そうかもしれんな。――一つ、君に教えておくことがある」

「何なの？」

「君の彼氏は、脱走を試みて失敗した。従って、こちらは罰として彼に注射を射つことにした」

「何ですって！」

英子が青ざめた。

純夫が注射を射たれる！

英子は天堂にぐっと詰め寄った。

「すぐに止めさせなさい！　さもないと本当にあなたを中毒患者にしてしまうわよ！」

「分った、分った」

天堂は肩をすくめて、「あんな男のどこがいいか知らんが、そんなに助けたいのなら、助けてやろう。もっとも、間に合えば、の話だが」

「さあ連絡するのよ！」

「よしよし」

天堂はのんびりと腰を上げると、操縦席へ入って行った。操縦士が縛られて床に転がされている。天堂は首を振って、

「君は暴力には反対かと思っていたよ」

「余計なことを言ってないで！　さあ、早く」

天堂は無線のマイクを取り上げ、

「こちらは天堂だ」

「はい、共和国です」

天井にあるスピーカーから応答の声が聞こえた。

「あの若者はどうした？　もう〝処置〟はすんだのか？」

「いえ、まだこれからです」

「そうか。わたしが命令するまでそのまま待て」

「分りました」

天堂は無線のスイッチを切って、英子の方を振り向いた。

「これでよろしいかな？」

「あの人を自由にして」

「それは難しいな。部下たちが変に思うだろう。君も困るんじゃないのかね？」

それは確かに天堂の言う通りだった。――英子はしばらく考えて、

「じゃ、純夫さんをこっちへ連れて来いと命令しなさい。理由は何とでもつけられるでしょう」

「なるほど。――いいだろう」

天堂は至って素直に、英子の言った通りを、無線で命令した。

「――これでいいかね？」

「差し当たりはね。ともかく、あなたにはどこかでおとなしくしててもらうわ」

「怖いもんだね、女というのは」

天堂は呑気に笑った。

「後ろの席に戻るのよ」

「分ったよ」

二人は操縦席から、倉田たちの待っている座席の方へ戻った。

そして、英子は立ちすくんでしまった。そこには石井刑事が立っていたのだ。——いつの間に……。英子は、倉田と手下たちが、健次に銃を突きつけられているのを見て、ガックリと肩を落とした。

「なめたまねしやがって」

健次が、拳銃の先で、英子の頭を突いた。「たっぷり礼をさせてもらうぜ」

「よせ」

天堂が厳しい口調で、「もとはと言えば、お前が油断したからだぞ。少しは反省しろ」

「へえ」

健次は頭をかいた。

今、また天堂の自家用機は〈青春共和国〉へと向かっている——乗っているのは、天堂と石井、それに健次と英子だった。

倉田たちは天堂におどされて平謝りに謝り、逃げて行ってしまった。

「君の勇気には敬意を表する」

と天堂は英子に向かって言った。

「しかし、しょせん、君はわたしの敵ではなかったよ」

「私をどうする気?」

「わたしは情深《なさけぶか》い男だからね。君の大事な恋人と一緒にしてやるよ」

「純夫さんと?」

「仲良く薬を射たれて、幸福になるんだね」

天堂は声を上げて笑った。

絶体絶命。——今の英子が正にそれだった。

〈青春共和国〉へ着くと、英子はすぐに、狭苦しい地下の部屋へ、放り込まれてしまった。

「もうだめか……」

誰も助けに来てくれるあてもない。このまま注射を射たれて、死ぬか、死なないまでも、何も分らなくなってしまうのだ。

逃げ出したくても、両手は後ろで固く縛られたままだし、この部屋には、窓一つない。

「この若さで死ぬなんて、世界の損失だわ」

と、ぐちってみても、誰も同情してはくれない。――せめて、あの店のケーキがもう一度食べたかったなあ、などと悔んでいると、ドアが開いた。

「ふん、いいざまだぜ」

立っていたのは健次だった。英子はきっと健次をにらんで、

「あんたなんか、トウフの角に頭をぶつけて死んじまえばいいんだわ」

「何とでも言え。すぐに泣いて助けてくれってわめくことになるんだからな」

「誰がそんなこと……」

「強がるところがかわいいぜ」

健次は英子の方へ近付いて来た。英子は後ずさって、

「こっちへ来ないで！」

と叫んだ。「かみつくわよ！」

「そう言うなよ。――おれの言うことを聞きゃ、天堂さんに頼んで、助けてやってもいいんだぜ」

「何言ってんの。チンピラのくせに」

「何だと、こいつ！」

カッとなった健次が英子めがけて襲いかかろうとした。――そこへ、ガツン、という音。

健次が、一瞬棒立ちになったと思うと、床へドサッと倒れた。

英子は目の前に立った人影を見て目を見張った。「あなたは――」

「さて、そろそろ始めるか」

天堂が、楽しげに微笑んだ。

「やるなら早くやれェ！」

純夫はもうふてくされ気味である。――ずっと閉じ込められていた部屋の椅子に縛りつけられていて、手も足も出ない。

「まあ、そう慌《あわ》てることはない」

天堂は傍《そば》にいた部下に肯《うなず》いて見せた。――部下は出て行くと、少しして、英子を連れて戻って来た。

「英子！」

「純夫さん……」

英子は駆け寄ろうとするのを、ぐいと引き戻された。

「君までこんな……」

「いいのよ」

と英子はたじろがずに言った。

「こんなやつに命乞いするのだけはやめましょう」

「う、うん……」

純夫は肯いた。「君と死ねれば本望さ」

「泣かせるな、全く」

天堂が二人を眺めて言った。「さて、どちらを先にするかな?」

「私を先にして」

と英子が言った。「レディ・ファーストでしょ」

天堂は笑って、「いや、全く死なすには惜しい娘《こ》だね、君は。よし、最後の願いを叶えてやろう」

天堂が部下へ肯いて見せる。部下が、金属のケースから、白い液を入れた注射器を取り出した。

「さて、それではお別れだな」

と天堂が言った。

注射器を持った部下が、英子の縛られている腕をつかんで、針を突き立てようとした。そこへ……

「あれは何だ?」

天堂が天井の方へ顔を向けた。

バタバタというヘリコプターの音が、それもいくつも、近付いて来ていた。

## 3 勝利

「た、大変です!」

天堂の部下の一人が、あたふたと駆け込んで来た。

「どうした!」

「警察の船が——それにヘリコプターが三機も……」

「慌てるな」

天堂はピシリと部下を押えた。そして英子と純夫を交互に見て、

「こっちには人質がいる。いざとなったら薬の実験台にした娘たちもろとも吹っ飛ばすとおどしてやれば手も足も出せない」

そこへ、また一人、

「と、とんでもないことになりました！」

と飛び込んで来る。

「何だ？」

「例の女の子たちが逃げ出しちまいました」

「馬鹿な！」

さすがに天堂の顔色が変った。

「あの娘たちに、そんなことができるはずがない！」

「誰かが逃がしたようです」

「裏切り者がいるんだな、くそっ」と天堂は吐き捨てるように言った。

英子は、ざまあみろという顔で、

「もう観念した方が良さそうよ」

「まだまだ」

天堂はニヤリと笑った。「こんなことで参るものか」

天堂は英子の腕をつかんだ。純夫が、「何をするんだ！」

と駆け寄ろうとしたが、何しろ椅子に縛られているのだから無理な話で、床へ椅子ごと引っくり返ってしまった。天堂が英子を引きずるようにして廊下へ出る。すでに表の方が騒がしくなっているのは、警官たちが乗り込んで来ているのだろう。

「どこへ行くの？」

「黙って来るんだ」

天堂と英子は、廊下の奥の鉄のドアから、島の反対側へ通じている地下道へと入った。

「どうせ逃げられやしないわよ」

「そう思うかね？」

地下道の途中に、下へ降りる階段の入り口がポッカリと口を開けている。天堂に押されるようにして英子はその階段を降りて行った。

かなり長い階段を降り切ると、そこは、たぶん天然の洞窟なのだろう、海がここまで入りくんで、地下の入り江のような格好になっている。そこに大型のモーターボートがつないであった。

「ここは崖の下になっていてね」

天堂が得意気に説明した。「上から見ても、突き出た岩の陰になって洞窟があるとは分らない。警察はみんな上陸して島を捜索しているだろう。その間にこちらは、ゆうゆうと逃げるというわけさ」

と、つなぎ止めてあるロープを外す。その時、

「そうは行かないよ」

と声がした。天堂がハッと振り向くと、そこには石井刑事が立っている。

「もう諦《あきら》めるんだね。東京の事務所や君の住まいも全部手入れされている頃だ。哀れな娘たちを逃がしたのもわたしだよ」

「裏切ったな！」

「もともとわたしは君の組織の全貌をつかむために君に近付いたのだ。君一人逮捕しても解決にはならんからね」

「貴様……よくも……」

「組織のことは湯浅がしゃべってくれたよ」

「湯浅が？　しかし、奴は――」

「事故で死んだはず？　いや、大したけがじゃなかったのさ。わたしがそう発表させただけでね」

「畜生！」

そう叫ぶと、天堂は左手で、ぐいと英子を引き寄せ、右手でポケットから、注射器を取り出した

「近付くと、この娘に薬を射つぞ！」

天堂は白い液体の入った注射器の針を英子の腕に突き立てようと構えた。

そこへ、ドタドタと足音がして、純夫を先頭に、数人の警官が階段を駆け降りて来たが、天堂が英子に注射器の針を突き立てようとしているのを見ると、ギョッとして立ちすくんだ。

「近寄るな！」

天堂が怒鳴った。「この娘の命を助けたかったら、みんな離れるんだ」

「もう諦めろ。逃げられないぞ」と石井刑事が言った。純夫が、

「英子をはなせ！」

と進み出ようとする。

「純夫さん！　私はどうなっても構わないから、こいつをやっつけて！」

と英子が叫ぶ。天堂は、石井や純夫がジリジリと迫って来るのを見て、脅《おど》しが効かないと思ったのか、

「その気なら――見ろ！」

いきなり注射器の針を英子の腕へ突き刺した。英子がアッと叫び、一瞬誰もが息を呑んだ。天堂は英子を思い切り前へ突き飛ばして、自分はモーターボートへ飛び乗った。

「英子！」

みんなが一斉に英子へ駆け寄る。モーターボートのエンジンが唸りをたてて、水が泡立つと、ボートが走り出した。

「大変だ！　英子！」

純夫は英子を抱き上げた。「早く何とかしないと……薬が……」

すると、英子が、思いがけずニッコリと笑った。

「大丈夫よ」

「英子……」

「心配ないの。注射器に入ってたのは食塩水よ。石井さんがすりかえておいてくれたの」

純夫は大きく息をついた。

「よかった！」

「早く縄を解いてよ」

英子は純夫の手で自由にしてもらうと、「でも、天堂は？」

と石井に訊いた。

「ちゃんと外では警察のボートが待ち構えているよ」

と石井が微笑む。その時、ズンと腹にこたえるような音がした。

「何だろう？――上へ行ってみよう」

長い階段を上がって、地下道を抜け、表に出ると、警官隊が、共和国の一味に手錠をかけて待っていた。

「今の音は何だ？」

石井が訊くと、警官の一人が、

「天堂のボートです。逃げようとして、無理と分ると断崖へ向かって真直ぐに突っ込みまして……」

英子が振り向くと、崖の向こうに、黒い煙が立ち昇っていた。煙は青空へ向かって徐々に広がり、薄れて行って、やがて絶え入るように消えていた。

「この事件も、あの煙みたいに悪い夢で、消えてなくなってしまえばいいのに……」

と英子は呟いた。


「帰ったら君たちは英雄だな」

東京へ向かうヘリコプターの中で、石井が言った。

「そんな気分じゃありませんわ」

英子は、なぜか心が重かった。

「あんな風に薬の犠牲になった女の子たちが大勢いるんですもの。何とか治らないのかしら」

「薬の成分を、今分析させているところだ。それがはっきりすれば手の打ちようもあるかもしれない」

「そうなればいいけど……」

「ともかく君らが無事でよかった」

石井の言葉は暖かかった。英子と純夫は顔を見合わせ、互いに笑顔で見つめ合った。

「これも貴重な経験ね」

と英子が言うと、純夫は大げさに顔をしかめて、

「いくら貴重でも二度とごめんだな！」と言った。

マスコミは大騒ぎだった。

一体どこで聞きつけて来たのか、と英子が目を丸くしたほど、羽田空港のロビーはTVカメラやら、新聞社のカメラの列が待ち構えていたのである。

石井刑事が、事件のあらましを説明し、

「全く、今度の成果は、こちらのお二人の働きによるものです。当然警視総監賞を申請することになると思います」

と英子たちを持ち上げた。

「私なんか……別に……」

とさすがに英子も、いつになく遠慮がちである。

「僕はカメラマンの卵でして」

純夫はちゃっかりＰＲ。「学校を出たら、マスコミ関係で働きたいと思います」

と売り込んでいる。

家へ向かう車の中で、英子は石井刑事に言った。

「あなたのこと、恨んだりして、すみませんでした」

「いや、それが当然だよ。そうでなくちゃ、こっちも困る」

と石井は笑って言った。そして、ふと思い付いたように、

「そうそう、君は今何歳だったかな？」

「私ですか？　十六ですけど、何か……」

「そうか。どうかね、婦人警官になる気はないかな？」

「私がですか？」

と英子は目を丸くした。

「そうとも、あの勇気と判断力、それに運動神経。——どれを取ってもピッタリだと思うんだが、どうかね？」

「え、ええ……」

英子は笑ってごまかした。「その内に考えておきます、はい」


「お帰り」

母がエプロン姿で出て来る。

「ただいま。ああ、疲れた」

「お腹空いてるんだろ？　ご飯にしようかね」

「うん、ぺっこぺこ」

母は、別に大騒ぎするでもなく、叱るわけでもない。いつも通りの母で、それが英子にはありがたかった。

今、英子に必要なのは、ごく当たり前の日常に戻ることだった。

晩ご飯を平らげると、電話がかかってきた。クラスメイトの早苗である。

「大変だったのね」

「まあね」

「ね、今、駅前に来てるの。お茶でも飲みに出て来ない？」

「うん、行く行く！」

こういう話はすぐにまとまる。

母から特別に小づかいをもらって、英子は家を出た。駅の方へと急いで歩いて行く。

それを物かげから、そっと見ている男がいた。


「じゃ、あの後、健次ってチンピラと会ったの？」

英子は驚いて言った。

「そうなの」

早苗は、悲しそうに、「私もだめね。甘い言葉についフラフラってなっちゃって。

——あなたが連中を捕まえてくれなかったら、今頃は麻薬中毒にでもなってたかもしれないわ」

早苗ほどの頭のいい、しっかりした娘が、こんなことに……。改めて英子はゾッとする思いだった。

「もう忘れようよ。過ぎたことだもの」

「そうね」

と早苗も微笑んだ。

「あなたの武勇伝を聞かせてよ」

「ああ、楽しかった」

「ああ、おいしかった」

英子と早苗は声をあげて笑った。何しろチョコレートパフェだの、クレープだのと、甘い物を次から次へと詰め込んだのだ。満腹になるはずである。

「早苗、いいわよ、家まで送ってくれなくたって」

「いいじゃないの。送りたいんだもの」

「そう？」

二人は、英子の家の近くまで来た。

「失礼」

と男の声に英子は振り向いた。

「何か？」

「三神英子さんですね」

「そうですけど……」

英子は息を呑んだ。――黒メガネの男！　あの、湯浅の息子を、病院で刺し殺した男だ。

男の手にナイフが光った。英子が早苗を突き飛ばす。

「危ない！」

英子は危うくナイフの刃を逃れた。

「早苗！　逃げて！」

と英子は叫んだ。男が英子目がけて突っ込んで来る。英子も運動神経は抜群の方だが、男が相手ではとても太刀打ちできない。

塀に追いつめられてしまった。

「覚悟しな」男がナイフの刃先を英子の胸もとへとのばした。

その時、ガンと音がして……黒メガネの男は、あっけなく道に崩れ落ちた。そのそばに、一眼レフのカメラが……。

「純夫さん！」

「よかった、間に合って」

「どうして――」

「うん。君の家で待ってたんだけど、遅いから少し駅の方へ歩いてみようと思ってね。そしたらこの人が――」

と早苗の方を見て、「君が危ないって知らせに来るのに出会ってね」

「助かったわ、これが例の殺し屋よ」

「すると、これで本当に一件落着ってわけか」

そう言ってから、純夫はちょっと複雑な表情になった。

「どうしたの？」

「うん……。カメラをぶつけてやったら……、カメラの方が……」

〈青春共和国〉の冒険も、やっと終って、英子には以前の通りの学生生活が始まっていた。

今でも、英子は学校の人気者だし、よく話にあの時のことが出るが、それももう終ってしまったことだ。

晩秋のある日――

「やあ、待たせてごめん」

純夫が急ぎ足で喫茶店へ入って来る。肩から下げているのは、石井刑事のプレゼント、数十万円もするドイツ製のカメラだ。
「どう、カメラの調子は?」

「うん、もったいなくて、いじってばっかりさ」と純夫は笑った。

「何か用?」

「冬休みなんだけど、何か予定はあるかい?」

「別に今の所は——」

「じゃ、どうだい、沖縄にでも?」

「すてきねえ!」

「二人でってわけにもいかないから、友達を少し呼んでさ」

「うん。賛成!」

「君の友達のほう……早苗さんなんかどうかな?」

と純夫が、英子の顔色をうかがいながら言った。英子はムッとして、

「あ、そう! じゃ、お二人でどうぞ!」

プイと立つと、店を出て行った。

「おい、英子! 待てよ!」

純夫は慌てて金を払うと、店を飛び出し、英子を追いかけて行った。

# 鏡の中の悪魔

## 1　鏡よ鏡……

「鏡よ鏡、この世で一番美しいのは——」

と言いかけて、訂正した。「この世とは言わない。学校で一番美しいのは誰？」

鏡はしばらく黙っていた。そしておもむろに言った。

「学校で一番美しいのは、中川麻子《なかがわあさこ》です」

中川麻子は腕時計を見ながら、家路を急いでいた。

「あと五分か……。これじゃ、とっても間に合わないなあ」

息を切らしつつ、ぼやいた。「全く、うちときたら——」

今どき、高校生にもなって、門限が十時なんて！

他の子たちは、みんな適当に友達の家に泊りに行ったりして、それでもちっとも怒られないというのに、どうして私だけが外泊禁止、門限十時なの？——これが麻子の不満だった。

「いつまでも私を子供扱いして」

とよく両親に食ってかかるのだが、一向に相手にしてくれない。門限も、以前は八時だったのを、散々粘った末、やっと延長させたのだ。

ただし、それには条件がついていて、友人の家を出る時に電話をすること、そしてその友人にも電話口に出てもらうこと、というのだった。

「今どき、こんな家ってある？」

と今も麻子は、クラスメイトの矢吹由利子《やぶきゆりこ》に散々グチってから、彼女の家を出て来たのである。

「まるで子供扱いなんだから」

十時が何よ。ほんの五分や十分、遅れたって構やしないじゃないの。

麻子は、とても十時前に家へ着きそうもないと分ると、開き直って足取りを緩《ゆる》めた。

麻子の家は、新しい住宅地の一角で、つい半年前に家を建てたばかりだった。だから、周囲には、まだ建築中の家や、空地のままになっている所があって、夜はいささか物騒である。麻子の両親の心配も、故なきことではないのだ。

この坂を上ればもう家だ。

麻子はホッとして、ちょっと足を止めた。さっきまでハイピッチで歩いていたせいか、少し汗ばんでいる。十月だというのに、ちょっと蒸し暑い夜だった。

さて、と歩きかけた麻子は、急に誰かが目の前に立ちはだかったので、思わず、

「キャッ！」

と声を上げた。

「だ、誰なの？」

その人影は、街灯の明りを背にして、顔が暗くかげっていた。

誰だろう？　強盗かしら？——麻子は、顔からスッと血の気のひくのが分った。

落ち着いて！　お金さえ出せば大丈夫。きっと何もしやしないわ。麻子は自分にそう言い聞かせた。

「——何か用？」

努めて平静な声を出したつもりだが、震え声になっているのが自分でも分った。

相手は、異様ないでたちだった。まるで真冬の雪の日に外出する時のような、分厚い感じの、グレーのオーバーを着込んで、襟《えり》を立て、頭には毛糸のスキー帽らしいものをかぶっている。

「お金なら、あげる」

麻子は手にしていたバッグを開けようとした。相手がぐいと近寄って来ると——

「由利子！　電話よ！」

何しろ最悪のタイミングだった。ちょうど風呂へ入って、さて髪を洗おうと、湯をざぶっと頭から浴びたところへ電話である。

冗談じゃない！　出られるわけ、ないでしょ。浴室のドアの窓に母の影が映って、

「出られる？」

「無理よ。誰から？」

「中川さんよ。麻子さんのお母さん」

「麻子の？　さっき帰ったのに」

「まだ着かないんですって」

「変ねえ」

「どう言おうか？」

「じゃ出るわ」

浴室を出ると、由利子はバスタオルで髪を手早く拭《ぬぐ》って、タオルを体へ巻きつけ、廊下の電話へと急いだ。

「わっ！　お姉ちゃん、エッチ！」

と顔を出したのは妹の真由子《まゆこ》である。

ペロと妹へ舌を出して見せてから、由利子は電話に出た。

「何よ、バカ！」

「はい、由利子です」

「あ、由利子さん？　麻子の母です」

「麻子、まだ帰らないんですって？」

「ええ。――あの子、どれくらい前にお宅を出たかしら？」

「ええと……少なくとも一時間は……。さっきここからお電話して、すぐに出たんですよ」

「変ねえ。それなら、もうとっくに着いてなきゃいけないんだけど……」

「電車が事故か何かで遅れたんじゃないですか？」

「そう思って駅にも問い合わせてみたんだけど、そんなことないっていう返事なの」

「そうですか。――でも、麻子はしっかりしてるから大丈夫ですよ」

「ええ、そうは思うんだけど。どうも、ごめんなさいね、こんな時間にお電話して」

「いいえ、とんでもない」

「麻子が帰ったらそちらへお電話するわ」

「はい。それじゃ」

由利子は受話器を戻した。

「どうしたの？」

好奇心旺盛な点では由利子に負けない真由子が部屋から出て来る。

「何でもないわよ」

「麻子さん、行方不明《ゆくえふめい》？」

「ちょっと帰りが遅いだけじゃないの。オーバーねえ」

「痴漢に襲われたのよ、きっと」

「変なこと言わないでよ」

「逆に襲ってるのかもね」

由利子は相手にならずに浴室へ逆戻りした。――多少の不安はあった。麻子はちょっとした気まぐれで、どこかへ寄り道したりするような娘ではない。

口では、ああだこうだと反抗的なことを言うが、根は至って生真面目《きまじめ》なのだ。その麻子が――もう四十分以上、いや一時間近くも家に着くのが遅れている。

何となく、由利子の、髪を洗う手も早まった。

矢吹由利子は私立花園《はなぞの》学園高校の一年生である。十六歳。東大入学を目指す――ほどの優等生ではないが、落第するほどでもない。化粧品のＴＶコマーシャルに引っ張り出されるほどの美女でもないが、鏡を見ては親を恨むほどの……でもない。一昔前のモデルほどやせっぽちではないが、女子プロレスにスカウトされるほど逞《たくま》しくもない。

要するに平均点なのである。それでいて、学校での人気者だというのは、やはりその人柄のせいだろう。

何かというと友達がこの由利子の家へ押しかけて来るのも、至って面倒見のいい、親分的性格ゆえに違いない。

今日も、中川麻子が、所属している研究会のことで由利子に相談に来た。相談といったって、中身は要するにグチに他ならないのだが、それでも、へえ、ふんふん、なるほどねえ、と聞いてやるのが由利子の人の良さだ。

しかし、そのせいで帰宅が遅れ、何かあったとしたら、由利子も内心、いささか穏やかではなかった。

風呂を出て、やっと体のほてりがさめたのは、もう十一時半を回った頃だった。

「ねえ、お母さん、麻子の家から電話なかった？」

「ないわよ」

由利子の母、美子《よしこ》は、至って家庭的な母親である。といって、口やかましく干渉するのではなく、子供のことは信頼し切って、よほどのことがない限り口は出さない。

「心配だなあ」

「もう遅いから、あちらも遠慮して来ないんじゃない？」

「そうかしら……。でも、帰ったら電話くれるって言ったのよ」

「そう」

「電話してみようかな」

「するなら早い方がいいわよ。ご迷惑にならないように」

「分ってる」

麻子の家の番号は憶《おぼ》えている。手早くダイヤルを回した。――呼出し音がルルル……と鳴り始める。

「誰も出ないわ」

と由利子は一人で呟《つぶや》いた。おかしい。お話中ならともかく、誰も出ないなんて。もう寝てしまったにしては、早過ぎる。

番号、間違えたかな？

由利子は一旦電話を切って、手帳を持って来た。記憶の通りだ。今度はそれを見ながら、ダイヤルを回し始めた。

「——どうしたの？」

真由子が、またしゃしゃり出る。——十三歳の中学一年生。背はもう由利子より高いくらいあって、由利子としては認めたくないのだが、姉よりも美人である。

「何でもないのよ。もう寝なさい」

「出ないの？」

と構わずに由利子の横へ座り込む。

由利子は、呼出し音が鳴るのを、二十回数えた。誰もいない？

「こんなことってある？」

受話器を戻しながら、由利子の心臓は鼓動を早めていた。

「変ねえ」

「といって、誰も出なくちゃ、どうしようもないし」

由利子は膝《ひざ》を立てて、それを抱え込むような格好で、考え込んで、「——今から麻子の家まで出かけるっていうのもねえ……」

「一家皆殺しになってるんじゃない？」

と真由子が凄いことを言い出した。

「やめてよ！」

といって妹をにらんで、

「縁起でもない」

「だって、誰も出ないってことは、家に人がいないか、出られない状態なのか、二つに一つよ。どっちにしても、まともじゃないわ」

「そうねえ。麻子の家にも行ったことあるけど、電話は廊下にあるのよね。寝室のすぐ前で、聞こえないはずはないんだけどなあ……」

由利子は、つのる不安にイライラしながら、電話をにらみつけた。

「お姉ちゃんたら、電話が悪いわけじゃないわよ」

と真由子がからかう。

「分ってるわよ！　もう一度かけてみるか、どうしようかと思って、今悩んでるんじゃないの」

「トイレで便秘に悩んでる、って顔ね、どう見ても」

真由子もえらくシンラツなことを言う。

「だったらさ、先生のとこへ電話してみりゃいいじゃない」

真由子の言葉に、由利子は一瞬ポカンとした。

「だって、そうでしょ。もし何かあったら、両親はたぶん担任の教師の所へ連絡すると思うな」

「あんたって馬鹿みたいに頭いいわね！」

変なほめ方をして、由利子は手帳をめくった。

「ええと、辻井《つじい》先生は、と……」

「あら、お姉ちゃんの担任は、室田先生じゃなかったっけ？」

「夏休みに結婚したのよ」

「へえ！　ちっとも知らなかった！　相手は？」

「辻井って、隣の都立高校の教師よ」

「先生同士か。つまんないわね」

「あんたに関係ないでしょ！――あ、これだ」

由利子は〈辻井〉というメモ欄の電話番号を回した。すぐに向こうの受話器が上がる。

「辻井です」

男の声だ。

「あの、夜遅くすみません。花園の生徒なんですけど、先生、いらっしゃいますか？」

奥さん、って呼ぶのも妙なものだが、どっちも〈先生〉だからややこしい。

「君、名前は？」

と向こうもさすが教師の口調。

「矢吹といいます」

「ああ、よく家内から聞いてるよ」

由利子はいささかショックだった。先生ったら、晩ご飯でも食べながら、

「うちのクラスには、矢吹由利子って、面白い子がいるのよ。今日なんかもね――」

なんて人をサカナにしてるのかしら？

「実はね、さっき警察から電話があって、出かけて行ったんだ」

「警察？」

由利子は、思わず受話器を握り直した。

「うん。受持ちの生徒がけがをして――」

「中川麻子ですか？」

「ああ、そんな名前だったね。ともかく急いで病院に出向いて行ったよ。詳しいことは僕にも分らないんだが」

由利子は唇をなめた。最悪の事態になってしまった！

「どこの病院でしょう？」

由利子はメモを取ると、「ありがとうございました」

と電話を切った。

「深刻ねえ」

真由子も話を聞いて真顔になる。

「病院へ行って来るわ！」

と由利子が立ち上がると、ちょうど玄関に、

「ただいま」

と父親の声。由利子は母より早く玄関へ飛び出すと、

「ね、お父さん、病院まで車で連れてって！」

矢吹紳一《しんいち》は靴を脱ぎかけた所だった。

「病院？　お前、まさか――」

「何よ」

「妊娠中絶でも――」

「そんなんじゃないのよ！」

由利子の省略の多い説明に、何とか納得した矢吹は、

「分った。そういうことなら送ってやろう」

と肯《うなず》いた。出て来て話を聞いた美子も、

「それじゃお父さん、ちゃんと帰りも乗せて来て下さいよ」

「うん分った」

矢吹は由利子を見て、「しかし、その格好で行くのか？」

由利子は、自分がパジャマ姿なのに気付いて、

「あ、着替えて来るから待ってて！」

と奥へ飛び込んで行った。


病院は、麻子の家から駅一つ離れた総合病院で、車を玄関へ停めた時、救急車が専用の出入口へ入って行くのが見えた。

「救急病院になってるんだな」

と矢吹が言った。「その子も大したことがないといいが」

「お父さんも来る？」

「車をどこかへ置いてから行くよ」

由利子は〈夜間出入口〉とある窓口へ行って事情を話すと、言われた通りに廊下を進んで行った。

夜の病院というのは、何となく薄暗くて、静かで、気味が悪い。しかし、今はそん

なことを気にしてはいられなかった。

ガラス扉の向こうが明るくなっていて、廊下に数人、人が集まっているのが目に入った。担任の辻井浜子の姿がある。他に、麻子の両親、見たことのない男……。

(――矢吹さん！)

辻井浜子が由利子に気付いた。「よくここが分ったわね」

「先生のお宅へ電話して。――麻子は？」

「今、眠ってるわ」

由利子は、どうやらただ事ではないらしいと思った。麻子の両親は、呆然として、嘆くゆとりすらないようだ。由利子にも全く気付かない様子。

「どうしたんですか、麻子は？」

声を低くして、由利子は言った。

「それは……」

辻井浜子は、チラリと中川夫婦の方を見てから、由利子の肩を抱いて、廊下の隅へと連れて行った。

「今夜、うちに来ていたんです」

「そうらしいわね。中川さんが、警察の人にそう話していたわ」

「じゃ、一緒にいる人は刑事？」

「ええ」

「何があったんですか？──私も、責任感じちゃって」

辻井浜子は疲れたように目を閉じて、深々と息をついた。

「そうね。これはどうせ新聞にも出るでしょうし……」

と言って、由利子を見た。「誰かが中川さんを夜道で……」

「襲ったんですね」

「それが、暴行とか強盗じゃないの」

「それじゃ……」

「誰かが中川さんの顔に硫酸をかけたのよ」

と辻井浜子は言った。

## 2　由利子とその仲間

「命には別状ないんですってよ」

「でも顔がねえ……」

「整形手術で何とかなるわよ」

「だけど、ショックの方は消えないでしょうね」

「新聞見た？　〈麻子さんは評判の美人で……〉ってあったわ」

「誰か、彼女の振った男性の仕業《しわざ》じゃない？」

「そうね。わりと噂《うわさ》が多かったものね」

「美人は危険ね」

「私も気を付けなくっちゃ」

「何よ、あなたたなんて——」

そこまでじっと我慢していた由利子はついに爆発。

「うるさいわね！　あっちへ行きなさいよ！」

と怒鳴った。

仰天した女の子たちは、慌《あわ》てて教室から逃げ出して行く。——昼休みの教室には、もうほんの数人が残っているだけだった。

由利子は、食堂へ行こうと誘《さそ》われても、黙って首を振るだけで、椅子から立たなかった。由利子が昼食を抜くなんて、正に物心ついてから初めてのことだ！

命には別状ない、が……。

それは本当に嬉《うれ》しいことだ。しかし、由利子にとっては、自分に責任の一端があるためだけでなく、事件そのものがショックだった。

何も、この世には善人ばかりと信じるような世間知らずではないが、いきなり女の子の顔に硫酸を浴びせるなどという想像もつかないひどい事件が、自分の身近な所で起こったのが、由利子にはショックだったのだ。

「畜生！　犯人を取っ捕まえて絞め殺してやりたいわ！」

と思わず口走ると、

「まあ、怖《こわ》い」

と声がして、弘野香子《ひろのこうこ》がいつの間にか目の前に立っていた。

「何だ、香子か」

「あら、がっかりなさったの、お姉さま？」

と香子は、空《あ》いた席へ腰をおろした。

「何をそんなに怒っておいでですの？」

いささか異質の話し方だが、これが弘野香子の普通の調子なのだ。

別に気取っているわけでも、ふざけているわけでもない。香子は何しろ元華族という家柄で、父親は大会社を五、六個、中小の会社を合わせるといくつ持っているか、本人もよく知らないという大実業家。その一人娘にして一人っ子がこの香子。

さすが令嬢然として、ほっそりと弱々しく色白の美女。立居振舞、手つきや仕草から、着ている物まで——ここは制服だから、私服の時のことだが——総《すべ》て、他の学生たちとは、一桁も二桁も違っている。

それでも別に反感を買ったり、冷たい目で見られたりすることのないのは、香子の、どことなくおっとりした、憎めない性格のせいだろう。

「決まってるじゃないの」

由利子は不機嫌である。「昨夜の事件よ」

「ああ、聞きましたわ。中川さんがひどい目に遭われて……お気の毒でしたわね」

「何か責任感じちゃってね。何しろ、うちから帰る途中だったんだもん」

「あら、お姉さまのせいじゃありませんわ」

わずか半月くらいしか年齢は違わないのだが、香子は由利子を「お姉さま」と呼んでいる。由利子も、初めの内は薄気味悪かったが、付き合ってみると、決してお高く止まったり、取り澄ましたところのない香子と、何となくウマが合って、今では、「お姉さま」と呼ばれるのに一種の快感すら覚えるようになっている。由利子の、親分肌なところを刺激するのだろう。

「ねえ、だけど世の中にはひどい奴がいるもんじゃないの」

「本当ですわねえ。あんないい方を、一体誰が……」

「誰が、なぜ?——そこが問題ね」

と二人の間に割って入った声は、やけによく通って、めりはりがきいていた。

「あら旭子《あきこ》」

と由利子が顔を向けて、「いつ来たの?　全然気が付かなかった」

「気付かれないように歩いて来たんだもん」

「いやねえ、気味が悪いじゃないの」

「これも役者の修業の内よ」

「旭子さんは本当に役者一筋ですのね」

と香子が微笑《ほほえ》みながら言った。

桑田《くわた》旭子は、一見、どことといって変ったところのない少女である。ちょっと小柄で、こましゃくれた感じ。クラスの中では、むしろ目立たない方の一人に属する。

しかし、この旭子、実は大変な名優なのである。——それは親友同士の、由利子と香子の二人しか知らない。

旭子は役者志望である。それもスターとか人気タレントに憧れるのとは全く違って、本当に古典劇を正面切ってこなせるような正統派の役者になるのが夢なのだ。

その点ではやはり香子に劣らず風変りな少女だった。

「私がなりたいのはね、〝役者〟なの。タレントでも俳優でもスターでもない。役者。——分る？　このニュアンスが」

と旭子は常々言っていた。

事実、旭子の演技力は既に相当な水準にある。それは至って実用的でもあり——たとえば、体育の授業の時、さぼりたいと思えば急な腹痛のふりをする。これが本当に青ざめて、脂汗《あぶらあせ》すら浮かべるのだから、誰もが騙《だま》されてしまう。授業が終って由利子が保健室へ見に行くと、ケロリとして、

「どう？　真に迫ってたでしょ」

と来る。

むろん旭子の演技力は、この三人の仲間の間だけの秘密なのだ。

「きっと犯人は麻子をねたんでたのよ」

「そうね。麻子、美人だもの」

と由利子は肯《うなず》いた。

「でなきゃ、麻子に振られた男が仕返ししたのかもしれないわ」

旭子の言葉に、

「そうは思えませんわ」

と香子が応じた。

「あら、どうしてよ？」

「男の人は振られた相手を刺すとか絞め殺すとかはやるかもしれませんけれど、顔に硫酸をかけるなんて、女性のすることだと思います」

「へえ、香子、男性心理に詳しいの」

と旭子が冷やかすと、

「旭子さんほどじゃありませんけど」

と香子もやり返した。——旭子は香子より二か月ほど生れが遅いので、「お姉さま」でなく、「旭子さん」と香子は呼んでいるのである。

「ともかく、私も犯人は女だと思うな」

と由利子が言った。

「警察の捜査はどうなってんの？」

「硫酸の入手経路とか、その辺から調べてるみたいね。何しろ麻子は相手がどんな人間だったのか、まるで憶えてないらしいから」

「ショックのせい？」

「でしょうね。でも、どうせ顔は分らなかったようよ」

「早く捕まってくれるといいですわね」

と香子がため息をつく。——ため息も、香子がつくと風情《ふぜい》がある。

これが由利子あたりだと、はたで見ていて、

「何だ、また小づかいがなくなったのか」

と思われるのがオチだ。

「あら——。ねえ、どうしたの？」

とその時由利子が声をかけたのは、ちょうど同じクラスの安藤松子が、あわてふためいて教室へかけ込んで来たからだった。

「み、みんなは？　先生はどこ？」

と、強度の近視なので、分厚いメガネの奥の目を精一杯見開いて、キョロキョロ見回している。

「何言ってんのよ、昼休みじゃないの」

「あ、そうか」

「何をそんなにあわててんの？」

「実はえらいことになって……」

「そりゃ分るわよ。だから何だ、って訊《き》いてるんじゃない」

「とんでもないことになったのよ」

「何が？」

「だからえらいことに」

「いい加減にしなさいよ！」

と由利子は怒鳴りつけた。

「ごめんなさい。――つい取り乱して」

「乱しすぎよ。落ち着いて話してごらんなさいよ」

「それが……今、実験室へ行ったの」

「化学の？」

松子は化学部に入っているのだ。

「え、ええ、先生に言われてたもんだから。ビーカーの数を勘定しとけって」

「それで？」

「鍵を先生から借りて、実験室へ行ってみたの。そしたらドアが開いてるじゃない。

——変だなと思って入ってみると……」

「お化けでも出た？」

と旭子。

「まさか、いくら化学だからって」

と由利子が顔をしかめる。

「中は別に何ともないみたいだったわ。だから、きっと鍵を昨晩かけ忘れたんだろう、と思ったの」

「それで？」

「ところがビーカーを取り出そうとして棚へ目をやると……ガラスが割られていて……」

「じゃ、何か盗まれたの？」

「ええ」

と松子が肯いた。「硫酸が」

由利子たちは顔を見合わせた。

「ね、松子、あなたその辺をいじり回さなかった？」

松子はあわてて首を振り、

「とんでもない！　そのまま手を触れずに飛び出して来ちゃった」

「鍵をかけなくては」

と香子が言った。

「え？」

「盗み出した人間の指紋などが残っているかもしれませんもの。鍵をかけて、すぐに先生から警察へ連絡を取っていただくのがいいと思いますわ」

「その通りだわ」

と由利子が言った。「松子、すぐ鍵をかけてらっしゃい」

「分ったわ。でも――」

「先生には私が知らせとくわよ」

「ええ、ただ……」

「何よ？　まだ何かあるの？」

「気になったの。硫酸は、確かまとめて購入したばっかりで……一ダースあったはずなのよ」

由利子はちょっと言葉に詰まった。

「で……いくつ盗まれてたの？」

「全部なの」

と松子が言った。

## 3　一ダースの硫酸

「それは確かなの？」

担任の辻井浜子が、青ざめた顔で言った。元来が色白の美人だが、昨夜の中川麻子の事件ですっかり疲れ切っている様子。そこへ安藤松子の、硫酸が、一ダースも盗まれたというニュースである。

青くなるのも無理はない。

「はい」

松子が情ない顔で、化学の大山教諭の方を見た。

「参ったなあ」

大山は渋い顔で、はげ上がった頭をピシャピシャ叩いた。それがクセなのである。

「しかし、僕の手落ちじゃないよ。ちゃんと鍵はかけておいたんだ」

「そんなこと言ってませんわ」

と辻井浜子がイライラした様子で「確かに硫酸が一ダースあったのかどうか、訊《き》いてるんです」

「それは確かだ」

と大山は肯《うなず》いた。

「何てことでしょう！」

辻井浜子が深々とため息をつく。

「先生」

と由利子は口を挟んだ。「ともかく警察へ知らせた方がいいと思いますけど」

「そうね。すぐ連絡するわ」

「いや、ちょっと待てよ」

大山があわてて割って入る。「あの事件と関係があるとは限らないんだし、何も急いで警察を呼ばなくたって――」

「関係ないはずがないと思いますわ、大山先生」

と辻井浜子はピシャリと言った。「それに、関係のある可能性が少しでもある限り、通報する義務がありますわ」

「そりゃね。しかし……」

と大山は不服そうである。自分の責任と言われるのが怖いのだろう。

「矢吹さん」

と辻井浜子が由利子の方を向いて「あなた、化学実験室へ行って、警察の人が到着するまで、誰も中へ入らないように見ていてくれない？」

「香子と旭子《あきこ》が行っています」

「弘野さんと桑田さんが？　ありがとう、助かるわ、気をきかせてくれて」

やっと辻井浜子の顔に微笑らしきものが浮かんだ。

由利子が化学実験室へ行ってみると、どこでどう話を聞きつけたのか、実験室の前の廊下はすごい人だかり。

「入っちゃだめ！　ドアへ触《さわ》らないで！」

と旭子が必死で防戦につとめている。

こういう時に香子の優雅さはあまり役に立たない。

「いけません、押さないで下さい。あ、そこからお入りになってはいけませんって申し上げてるでしょ」

これじゃ一向に効き目なし。

由利子は集まっている生徒たちをぐいぐいとかき分け、ドアの所へ行くと、やおら大声でどなった。

「触るなってのが分んねえのか！」

一瞬、みんなが静まり返る。由利子はジロリと眺め回し、

「とっとと行っちまえ！　ぐずぐずしてるとぶっ飛ばすぞ！」

と一喝《いっかつ》した。たちまち人の輪が崩れて、誰もいなくなってしまう。もちろん香子と旭子は残っているが。

「ああ助かった」

旭子は額の汗を拭《ぬぐ》って、

「もう防ぎきれなくなりそうだったの。危なかったわ。でもさすがに由利子ねえ、あの一声でみんな逃げちゃったじゃないの」

「本当にお姉さまの威力って大したものですね」

と香子が微笑《ほほえ》んで、「でも、あれじゃなかなかお嫁には行けそうもありませんね」

「大きなお世話よ」

と由利子は気にしていることを言われて、仏頂面《ぶっちょうづら》になった。

「警察は？」

「今、辻井先生が呼んでるわ。――でも、どうなっちゃうのかしら？　硫酸のびんが

一ダースよ。犯人は一体何人にぶっかけるつもりなのかしら？」

「考えただけでゾッとするわ。――みんな今頃は大騒ぎよ、きっと」

「でも分りませんわねえ。どうしてそんなひどいことを……」

「文句言ったたって仕方ないわよ」

と由利子が腕組みをする。そしてしばらく考え込んでいたが、

「ねえ、ひとつ私たちでやってみる？」

と言い出した。旭子がキョトンとして、

「何を？　逆立ちか何かやるの？　それとも三人でコントでもやるか。コーラスグループなんてのもいいわね」

「真面目《まじめ》に聞きなさいよ！」

と由利子がにらんだ。

「はいはい」

「私たちで、この憎むべき犯人の次の犯行を食い止めようっていうのよ」

「どうやって？　それは警察の仕事じゃないの」

「旭子もだめね。いいこと、警察はね、起こった事件を調べて犯人を捕まえるのが商売なのよ。まだ起こってない事件を防ぐなんて親切なことしちゃくれないわ」

「でも、お姉さま」

と香子が言った。「犯人が捕まれば、次の事件を防ぐ必要もないんじゃありません？」

「そうよ、香子の言う通りだわ」

「どっちも分ってないんだから！」

と由利子はイライラと目を吊り上げて、「そりゃ犯人がすぐに捕まりゃ文句ないわよ。でもね、捕まるのに三日かかりゃ、その間に三人の子が被害にあうかもしれないのよ」

「ああ、分りましたわ。だから私たちで――」

「でも、どうやって？　私たちは探偵じゃないのよ」

「そう、確かにね。私たちは警察と違って、ピストルも持ってないし、空手《からて》もできない。でもね、警察より有利な点もあるのよ」

「何なの？」

「次の被害者が分るってこと」

旭子が目を見張って、

「由利子、いつから超能力を持つようになったの？」

「馬鹿ね。超能力とは関係ないわよ」

「つまり、こうおっしゃりたいんじゃありません？　私たちの学校でトップクラスの美人は誰か、私たちには分るけど、警察の人たちには分らない」

「そう！　その通りよ！」

と由利子は手を打った。

「だから次の犯行が防げる、ってわけか」

と旭子も肯いた。

「でも犯人の好みって問題もあるからね」

「それに、中川さんだけに恨みを持っていたのかもしれませんわ」

「でも、それなら硫酸のびんを一ダースも持って行く必要ないでしょ」

「あ、そうか」

「犯人は明らかに、まだやるつもりなのよ」

と由利子は言った。

「一応、犯人が中川さんタイプの美人に憎しみを抱いていて、狙《ねら》っていると仮定して、私たちは誰が狙われそうか考えてみりゃいいわけね」

「その通り」

「でもお姉さま、一人には絞れませんよ」

「そうかしら？」

「だって、ここにもう三人も候補がいますもの」

香子は時々、見えすいたお世辞を言うことがあった。

三人は、学校からの帰り、行きつけの――というと何だかバーみたいだが――クレープ屋に寄って、クレープを食べながら、授業中に各自が考えて来た〈被害者候補〉を突き合わせてみた。

「何だ三人とも違うじゃないのよ」

と由利子は顔をしかめた。

「それは仕方ありませんわ、お姉さま。人それぞれの美意識の問題ですから」

「ちょっと美意識過剰ね」

と由利子はため息をつく。「それで、と……。私は沙織《さおり》。香子は美幸《みゆき》。旭子は奈美《なみ》子《こ》か。何とかまとまらない？」

「あら、だって奈美子がどうみたってトップよ。そりゃ沙織や美幸がだめとは言わないけどさ。絶対に奈美子が一番美人よ」

「私はやっぱり美幸さんだと思います」

と香子は自信ありげである。「この場合は、私たちの目で選んではいけないんですわ、犯人の目で選ばなくては」

「そりゃまあね」

「それを考慮に入れれば美幸さんだと思います。麻子さんと似たタイプの美人ですもの」

「そうかなあ。私は沙織だと思うけど」

「あら、奈美子の方が絶対に犯人の好みよ」

と旭子も譲らない。

三人はクレープの後、ケーキとコーヒーを取ったが、それを片付けても、まだ結論は出なかった。

三人が熱心に討論している様子を教師が目に止めたら、さぞかし感心したに違いない。しかし、その討論中にも、ケーキが見る見る皿の上から消えて行くのは、何とも奇妙な現象であった。

「——でも私たち、一つ見落としてることがあると思います」

と香子が言った。

「何？」

「犯人が襲うのは夜でしょ？」

「そりゃそうでしょうね」

「じゃ、夜、一人で遅く帰って来る人でないと犯人には機会がないわけですね」

「そうか！――香子、どうして早く言わないのよ」

「私も今気付いたんですもの」

と香子は正直だ。

「でもさ、犯人が、この三人の内の誰かが夜遅く一人で帰るなんて、分るはずないじゃない」

「その点は不思議ね。麻子が帰宅の途中を狙われたことにしたって……。どうして犯人はあそこで待っていたのか」

「根気がいいのよ」

「それとも、麻子の動きをよくつかんでいるか、ね」

「それじゃ、この三人にしても、犯人が三人の予定をよく知っている可能性があるわけね」

「そうよ。何しろ化学室の硫酸が盗まれたってことは、犯人が学校内部の人間だってことでしょ」

「そう断定もできないと思いますけど」

「でも、その可能性は小さくないわ」

「で、由利子はどうしようってわけ？」

と旭子が訊《き》いた。

「決まってるじゃない。この三人を何とか一人に絞って、護衛するのよ」

「私たちが？」

「そうよ。他に誰かいる？」

「それにしたって……大体護衛される方が迷惑だって断って来るわよ」

「馬鹿ね、分らないように尾《つ》けるんじゃないの」

「何だか、私たちの方が怪しまれそうですわねえ」

香子が心配そうに言った。「大体お姉さまは、一度こう思うと、やみくもに突き進むクセがあるから……」

「でも、それで犯人を捕まえたら、いいじゃないの。みんな写真が新聞にのるわよ」

「お姉さま、そんな俗なことをおっしゃって」

と香子が顔をしかめる。「親切は隠すほど光り輝くんです」

「そんなこといいけどさ」

と旭子がイラ立って、「どうすんのよ、結局？」

「沙織は今日は早く帰ってるはずだわ。少し頭が痛いとか言ってたもの。美幸は確か今日はお父さんの車でどこかへ出かけてたわね」

「じゃ大丈夫ね。そうなると、やっぱり奈美子だ」

と旭子が得意顔。

「奈美子さんは、今日はピアノのレッスンのはずですわ」

「へえ、よく知ってるじゃないの」

「ええ、同じ先生ですから」

と香子が言った。

由利子と旭子が顔を見合わせる。

「香子、ピアノ習ってるの？」

「ええ。四歳の時から。ショパンくらいなら弾けます」

「へえ！　初耳だ」

「人に言うほどのことでもありませんし」

と香子が事もなげに言った。

## 4　第二の事件

「出て来たわよ」

と旭子が言った。

立派な門構えの洋風の邸宅から、佐々木奈美子が出て来た。ピアノの教科書を入れているらしい布のバッグを提げている。

「もう九時ね」

由利子が腕時計を見て言った。「いつもこんなに遅いの?」

「順番によります。奈美子さんは最後なんですわ、きっと」

「へえ。じゃ、ともかく後を尾けましょ」

「三人じゃ目立ちすぎない?」

と旭子が言った。もっともな疑問である。

「仕方ないわ、気付かれたらその時よ」

と由利子も無責任なことを言っている。

「あれ?」

と旭子が声を上げる。「駅と反対の方へ歩いてくわよ」

「奈美子さんはいつも帰りはタクシーだっておっしゃってました」

「タクシー？　どうしてそれを早く言わないのよ！　早く追いかけよう」

三人はゾロゾロと奈美子の後からついて歩き始めた。

奈美子は大通りへ出ると、足を止めて、空車を待っている。

「タクシーに乗っちゃったらどうする？」

と旭子が訊く。

「そりゃこっちもタクシーよ」

「タクシー代はどうするの？」

「三人で分担すりゃいいでしょ」

「やだ、私、お小遣い少ないんだから」

「そんなことで、今もめてちゃ仕方ないでしょ！」

「あ、タクシーが来たみたいですわ」

空車が停まり、奈美子がそれに乗り込む。タクシーが走り出すと同時に、由利子たちも駆け出した。――が、小説や映画と違って、そうすぐにはタクシーが通らない。

「来ないじゃないの！　これじゃ見失っちゃう」

「あ、来ました」

と香子が言ったが――。

「あれタクシーじゃないわよ」

「いいんです。うちの車です」

ぐっと大きくて貫禄のあるベンツが三人の前で停まった。「さ、どうぞ」

由利子と旭子があわてて乗り込む。香子は最後に乗ると、運転手へ、

「今先を走ってるタクシーを追いかけて」

と言った。

「はい」

運転手が素早く車をスタートさせる。大きな車だけあって、さすがに馬力も大きい。

たちまち奈美子の乗ったタクシーに追いついた。

「この人、運転の腕は超一流ですの。決して見失ったりしませんから大丈夫」

「いい車ねえ」

と旭子は尾行の方より、車の中の方が興味があるらしい。

「お宅にお電話なさっては?」

「かけたくても電話なんか――」

香子が前の席の背もたれの裏パネルを押すと、パタンと扉が開いて、電話機が出て来る。

「どうぞ、都内ぐらいなら通じますよ」

「へえ！　これ、いいわね」

と由利子と旭子が感嘆の声を出す。

「いいわね、こういうの」

と由利子は考え込みながら、「どこかへ黙って出かける時も、車の中から電話してやればごまかせるわ」

「あんまり変なことに使わないで下さい」

と香子が苦笑いした。

タクシーは、かなり寂しい通りで停まった。由利子たちの乗ったベンツは、タクシーから三十メートルほどの所に停まった。

「香子、彼女の家、知ってる？」

「ええ。あそこから、少し歩くんです。車の入れない道で、人通りの少ない所ですわ。もし危ないとしたらあの辺ですね」

「じゃ、行きましょう」

ベンツを降りた三人は、足を早めて、奈美子の姿の消えた細い道へと急いだ。

「高級住宅地なのね」

と旭子が周囲を見回して言った。

確かに、大邸宅と呼びたいような家ばかりが並んでいる。

「こういう所はかえって危ないんです」

と香子が言った。「道で叫び声を上げても、どの家も庭が広いでしょう。耳に入らないんですね」

「そうか。やっぱり私、大邸宅に住むのやめよう」

「住めもしないくせに、何言ってんのよ」

三人が、細い道の入口へ着いた時だった。

「キャーッ！」

という悲鳴が夜の空気を貫いて三人の耳を打った。

「やられたんだわ！」

「急いで！」

三人は同時に駆け出した。

その人物は、鏡に向かって問いかけた。

「鏡よ鏡。今、学校で一番美しいのは誰？」

鏡はしばらく考えてから、答えた。

「学校で一番美しいのは、太田美幸です」


太田美幸は、父親と二人で親類の家を訪ねて行って、帰りは大分遅くなった。やがて九時半になる頃、やっとガレージの前に車を停めた。

「よし」

と父親は息をついて、「すっかり遅くなった。お前は先に家に入っていなさい」

と言った。夕食まで先方で出してくれたので、遅くなってしまったのだ。

美幸は車を出ると、

「ここで待ってるわ」

と言った。美幸は父親っ子である。

「よし、じゃすぐ車を入れるからな」

ガレージは二台分のスペースがあるが今はこの一台しかない。十八になったら、父親が中古車を買ってくれることになっているのだ。

そこまで甘やかされているわけである。

美幸は、父が車をガレージの奥へと入れるのを待って、ぶらぶらと、前庭のあたりを歩いていた。

静かな、風もない庭だった。――ザザッと茂みが揺らいだ。風ではなかった。

美幸は振り返った。


「泥棒!」

奈美子の叫びに追われるように、男が一人、由利子たちの方へと走って来る。あの奈美子のバッグをかかえていた。

「何だ、違うじゃないの」

と旭子が言った。

「かっぱらいね」

男の方も三人に気付いたが、女の子ばかりと知ると、

「どけ!　けがするぞ!」

と怒鳴りながら突っ込んで来た。

一瞬の出来事だった。――香子が二、三歩前へ出たと思うと、男をよけるように

傍《かたわら》へ身をひいた。男が香子のそばを駆け抜けようとした。

「エイッ！」

香子のかけ声と共に、男の体が一回転した。ズシン、と音がして……男は路上に大の字にのびていた。

「香子！」

由利子が目を丸くする。「今のは……」

「ちょっと合気道を習ってたものですから」

と香子は言った。


「当てはずれね」

と旭子が言った。「まあチンピラは一人突き出したけどさ」

「収穫ゼロよりはいいわよ」

と由利子は強がりを言っている。

再びベンツの中。由利子と旭子を家へ送って行くことになっているのである。

「まあ、犯人が毎日犯行を重ねるとも限らないしね」

「そうね、そうでない方を祈るわ」

その時、運転席の方で電話が鳴り、運転手が素早く出た。

「——はい、少々お待ちを」

と由利子の方へ、「矢吹様、ご自宅から電話が入っておりますので」

と知らせた。

「はあ」

ボケッとしていると、香子が、さっき教えた受話器を取って渡してくれる。

「ありがと。——もしもし。——あ、お母さん？——うん、まだ香子の所。車で送っていただくから大丈夫。——え？」

由利子の顔が青ざめた。「そ、それ、本当？……分ったわ。すぐ帰る」

「お姉さま、何か？」

受話器を戻して由利子が、思わず一つ息をついてから言った。

「美幸がやられたって……」

「不幸中の幸いでした」

と辻井浜子は生徒たちを前にして言った。

「太田さんはとっさに両手で顔をおおったのです。そのために硫酸は太田さんの両手の甲にかかって火傷《やけど》を負わせましたが、顔や目は無事でした」

教室の中に、ホッとした空気が流れる。

「――いいですか。皆さん、しばらくは夜の一人歩きは控えて下さい。どうしても夜出かける時は、絶対に一人で出ないこと。それから、暗い道や、寂しい場所は避けること。いいですね」

美幸は辻井浜子の担任ではないが、やはりショックだったのだろう。辻井浜子の顔には疲労の色が濃くなって来ていた。

「――香子の当りだったわね」

と、旭子が休み時間に言った。

「そんな、宝くじみたいなこと、言っちゃいけませんわ」

と香子がたしなめる。

「次は誰が狙われるかって、みんな大騒ぎだわ」

由利子が首を振って、「私に決まってるっていうのが十人はいるわよ」

「変なの。狙われたいのかしら?」

「美人ばっかりやられるからでしょ」

「まだ続きそうですわね」

「そうねえ、何しろあと十個も硫酸のびんが残ってるんだものね」

「もう尾行はやめるんでしょう？」

「せっかくその気になったのに……」

「そんなこと言っても、次が誰か分らないじゃないの」

「一つ提案があります」

と香子が言った。

「何？」

「みんなこれからは色々と注意すると思うんです。つまり犯人としては、とてもやりにくくなるわけでしょう」

「そりゃそうね」

「そうなると、たとえそう美人でなくても、機会のある子から、狙うようになるんじゃないでしょうか？」

「なるほどね。背に腹は代えられん、ってわけね」

「だから——」

と香子は、由利子と旭子を交互に見て、「私たちの誰かが、おとりになるんです」

由利子と旭子は顔を見合わせた。

「私は――だめよ」

と旭子があわてて言った。「何しろ、この顔じゃね、いくら犯人が少々の不細工をがまんするにしても、無理よ」

「いつもは美人と自称していらっしゃるのに……」

と香子がクスクス笑った。

「この二人の中で客観的に眺めて美人は、やっぱり香子よ」

と由利子が言った。「でも、どうせだめなのを相手にするなら、もう誰でも同じってこともありそうね。それなら私、やる」

「いいえ、お姉さまはだめです」

と香子が強い口調で言った。

「どうして？」

「私が言い出したことで、お姉さまが取り返しのつかない傷でも負われたら、私、申し訳なくて死んでしまいますわ」

「オーバーね」

「本当です。――この役は私がやります」

「だけど……」

「大丈夫。合気道の心得もありますし。ピアノも弾けます」

「あんまり関係ないんじゃない？」

と旭子が言った。

「警察じゃ何と言ってるんでしょう？」

「手掛りさっぱりのようよ」

「化学の実験室は？」

「あそこの鍵を誰かが使ったのよね。でも、学校内部の人間なら、誰だって近寄れたわけでしょ。ちっとも役に立たないわ」

「そんなにスパッと解決はしませんよ。小さな事実や証拠を積み重ねて、やっと真相が分るんですもの」

由利子は香子をまじまじと見て、

「香子、いつから警察の顧問になったの？」

と言った。

「鏡よ鏡……。今、学校で一番美しいのは誰？」

鏡はしばらく沈黙していた。

「学校で一番美しく、襲いやすいのは……弘野香子です」

「どうしてもやるの？」

と由利子が訊いた。

「ええ」

香子も大人《おとな》しいわりには頑固なのである。

「じゃ二、三日様子を見ていて、その結果にしましょうよ」

と由利子は説得にかかった。

## 5　おとり

「おはよ」

朝、教室へ入って、由利子は、香子と旭子に声をかけた。

「おはようございます」

というのは、むろん香子である。

「昨夜は誰もやられなかったらしいわね」

と旭子が言った。

「ええ。よかったですわ、本当に」

「犯人も、やりにくくなったんだと思うわ」

と由利子は言った。「みんな、注意するようになっているしね。めっきり夜遊びは減ったようよ」

「けがの功名だわね」

「でも、油断すればやられますわ。犯人はきっとそれを待ってるんですよ」

「そうねえ。といって、いつまでも用心が続くものじゃないし、ね」

ホームルーム五分前。続々と生徒が駆け込んで来る。女子校とて、遅刻すれすれ組の多い点は男子校と変りがない。

本来なら由利子と旭子はすれすれ組の常連なのだが、今朝《けさ》は珍しく早く着いたのだった。

「早く来るのも、たまにはいいもんね」

と由利子が言った。

「お姉さま程度で、早いとは申せませんわ」と香子は厳しい。

「また、そんな。――ね、香子、よく考えたの、昨日《きのう》の話？」

もちろん、香子が犯人の囮《おとり》になるという作戦のことである。

「ええ、考えました」

「で、やっぱり――」

「やっぱり、やります」

「そう」

と由利子はため息をついた。「あんたがそんなにガンコだなんて知らなかった」

「頑固ではありません。意志が固いのです」

由利子は旭子を見て、

「どこが違うの？」

と言った。その時だった。

「ねえ、みんな！　来て！」

とクラスの一人が飛び来んで来た。みんなギクリとする。また誰かやられたのかしら！

「ど、どうしたのよ！」

「掲示板に貼り紙が――」

「何だ、びっくりさせないでよ」

と由利子が言った。「掲示板に貼り紙がしてあるのは当り前じゃないの」

「それが違うのよ」

由利子たちが駆けつけたときには、もう黒山の人だかり、何とかそれをかき分け、押しのけて、見ると――、

「何よ、これ？」

と思わず由利子が言ったのも道理。

ポスターの大型のやつくらいの白い紙が貼ってあり、赤いマジック・インキで、〈被害者候補一覧表〉とあった。そして頭に⑴、⑵、⑶……と数字を打って、⑴の下には中川麻子、⑵の下には太田美幸と書いてある。そして⑶の下は、弘野香子だった。

番号は⑿まであって、確かに客観的に見て、美人の部類に入る生徒の名があった。

しかも、ごていねいなことに、中川麻子と太田美幸の名には、赤い×印がついているのだった。

騒ぎを聞きつけて、辻井浜子がやって来た。

「どいて！　皆さん、どきなさい！」

と生徒たちを分けて、「――これは……」と、貼り紙を見て唖然《あぜん》とした。

「誰がこんなものを！」

辻井浜子としては、やり切れない気分なのだろう。紙を破り取ろうと手をかけて、しかし、ぐっと自分を抑《おさ》え、

「——これが何かの手掛りになるかもしれないわ。矢吹さん」

「はい」

「私、このことを警察へ知らせて来るわ。誰も手を触れないようにしてくれる？」

「分りました。——みんな、近寄らないでよ！」

化学実験室の前で、頑張ったのに比べると、今日は至って楽だった。さすがにみんな気味悪がって手を触れないのである。

「全く、どうなってんのかしら？」

「これ、犯人が貼ったんだと思う？」

と旭子が言った。

「これによると次は私ですわ」

と香子が得意げに言った。

「喜んでる場合じゃないでしょ」

と由利子が言うと、

「そうよ！」

と旭子も加わった。「こんなのでたらめよ。私が入ってないわ」

昼休み、三人はいつもの並木の下で顔を合わせた。

「何か情報は？」

と旭子が訊《き》く。

「ないわ。あの貼り紙、結局あのままにしとくそうよ」

「へえ、どうして？」

「犯人が異常者で、自己顕示欲《けんじよく》の強い人間なら、本当にあれぐらいやりかねないっていうのよね」

「へえ、だから――」

「あそこに貼ったままにしておけば……」

と言いかけて、ためらうと、香子が引き受けて、

「私がやられた後、名前に印をつけに来るってわけですわね、お姉さま？」

「そんな馬鹿じゃないとは思うけどねえ」

「だって、大体、あれが犯人のやったことかどうかも分んないじゃないの」

「あれは犯人が貼ったんじゃありませんわ、もちろん」

と香子が言うと、由利子と旭子は顔を見合わせた。

「どうしてそんなことが分るの？」

と由利子が訊くと、

「簡単です。あれを貼ったのは私だからなんです」

由利子と旭子は、しばしポカンとしていたが、

「――香子が？」

「ええ」

と涼しい顔。

「どうしてそんな……」

「犯人を刺激するためです」

と香子は言った。

「どういうこと？」

「つまり、私を囮として、犯人を捕まえようと思っても、いくつか問題があります」

「というと？」

「第一に、犯人が次に私を狙うとは限らないこと。第二に私は、夜遅く一人で帰ることが少ないので、犯人にとっては狙いにくい相手であること」

「あら、だって香子は、よく夜遅くなるって――」

「でも、車で帰りますので。運転手付きの」

「失礼」

と旭子がちょっとシラケた表情になる。

「それから、これが罠《わな》だと気付かれたら、せっかくの計画も水の泡になります」

「そりゃそうね」

「それで考えたんです。犯人が意地でも私を襲いたいと思うように仕向けられないか、って」

「ずいぶん恐ろしいこと考えるのねえ」

「それであの貼り紙が」

と由利子は肯《うなず》いて、「まあ、分らなくはないわね。でもさ、香子」

「何かご質問でしょうか？」

「ええ、ご質問よ。犯人はあれ見ただけであなたを襲うほど単純かしら？」

「そこは私も考えました」

「で、どういう結論になったの？」

「ね、お姉さま。こういう実話をご存知じゃありません？　残忍な連続殺人が起こって、犯人が全く捕まらないとき、犯人とは似ても似つかない男が捕まったんです。そして新聞には大きくその男のことが報道されました。本当の犯人がそれを読んで『俺はそんな奴と間違えられたくないね』って名乗り出たんですって」

「へえ。黙ってりゃいいのにね」

「つまり、この手の事件の犯人は自己顕示欲が強いので、自分と同じようなことを考える人間に競争心をかき立てられるんです」

「ふん、何となく分るわ」

「だから、あれで犯人のその気持ちを煽《あお》ろうっていうわけなんです」

「巧《うま》く乗って来るかしらね」

「ですから、だめ押しをやります」

「だめ押し？」

「ええ。お姉さまが私を襲うんです」

「私が？」

由利子は仰天した。「私、まだ刑務所行くのはいやよ！」

「本当に襲ってくれとは言ってませんわ。真似ごとでいいんです」

「あ、そうか」

と旭子が手を打った。「それで本当の犯人が、やる気になって――」

「そこです。ライバルができると急に恋心が燃え上がるのと同じですわ」

と何ともロマンチックなことを言い出す。

「それはいいかもね」

由利子も納得の様子。「でもさ、香子」

「まだ何か?」

「例の合気道で私を放り投げないでよ」

「手加減しますわ、大丈夫」

「あまりありがたくない保証付きね」

「その役、私がやる!」

と旭子が宣言した。

「旭子。だって――」

「これはいわば狂言でしょ」

「そうよ」

「だから芝居よ。芝居なら私の出番よ」

由利子は香子の顔を見て、それから、

「ま、いいわ。それじゃ旭子に任せましょ」

「サンキュー！　一世一代の名演技を見せるからね！」

「演技過剰にならないでね」

と由利子が心配そうに言った。

そこへ、

「ちょっと君たち」

と声をかけて来たのは、三十歳ぐらいの、スラリとスマートな男性だった。教師だな、と由利子は思った。教師にしては少々カッコ良すぎるが、それでも教師独特の雰囲気がある。

「何でしょうか？」

「隣の都立高の者なんだがね。ちょっと辻井先生を呼んで来てくれないかな」

「あ！」

と由利子が言った。「ご主人ですね、先生の。私、矢吹です」

「やあ、そういえば電話の声だね」

「待って下さい。お呼びして来ます」

「あ、私が行くわ。用があるから」

と旭子が飛び出す。

「じゃ、頼んだわよ！」

と由利子が大声で呼びかけた。

「女子校は静かだねえ」

と辻井が校庭を見回して言った。「これだけ広いのに、もったいないねえ、昼休みもぶらぶら歩いてるだけとは」

「あの――」

と由利子が言いかける。

「何だい？」

「先生は――奥様は、大丈夫ですか？　ずいぶんお疲れのようですけど」

「うん」

辻井は真顔で肯いた。「あれも心配性なんでね。責任感が強いし。よく眠れないようだな」

「大変ですね」

「早く犯人が捕まってくれないとね、こっちも困るよ」

と辻井は苦笑した。

少しして、旭子と一緒に辻井浜子が急ぎ足でやって来る。

「あら、あなた。どうしたの？」

「うん、ちょっとね……」

香子が、

「さあ、教室へ戻りましょうよ」

と他の二人を促す。気をきかしているのである。

「――いいカップルね」

と旭子が言った。「美男美女の組合せってあんまりないのよね」

「でも」

と香子が言った。「あのお二人、あんまり巧く行ってないんじゃないでしょうか？」

由利子と旭子が面喰《めんくら》っていると、香子は続けて、

「はっきりは言えませんけど、そんな気がします」

「どうして？　あんなに仲良くしてるのに……」

「表面は、です。――奥さんにあんな辛《つら》そうな顔をさせて平気でいるのは、夫として失格です」

由利子は呆気《あっけ》に取られて、

「まるで離婚経験者みたいなこと言うじゃない」

「そうですね。どっちかと言うと、離婚の方が好きですね」

「結婚してなきゃ、離婚もできないのよ」

「不便ですね」

と香子が言って、「さあ、さっきの計画、練りましょうよ」

と提案した。

## 6　作業開始

夜、九時半。

当然のことながら、校舎は、眠っている。

だが、その中で、一つの窓だけが、ポッと黄色く光っていた。

時々動いている影は、香子のそれだった。

「もう時間だわ」

香子は腕時計を見て肯《うなず》いた。

今日はクラブの仕事で学校に残るという許可を、香子は取っていた。もちろん、こんなに遅くなるほどの仕事があるのではない。

ただ、時間を遅くする口実が欲しかっただけである。

ともかく、帰宅が学校から真直ぐでないと、必ず担任の許可を得なくてはならないのだ。もちろん、こんなに遅くなるとは届けていない。ぎりぎりでも八時には終ることにしないと認めてくれないのだ。

しかし、実際には文化祭の時など、夜中まで働いていることもある。

それでも、この時期に、しかもあんな事件が続発しているのだから、こんな遅くまで残ろうという物好きはあるまい。

そこが、香子の狙いである。

「さて、もう行こうかしら」

九時半か。そろそろ由利子と旭子も出かけているころだが……。

香子は明りを消して教室から出た。無人の校舎というのは、常夜灯が点《つ》いていても、寂しいものである。

別に香子が一向に怖がらないのは、やはり合気道などをやっているせいだろう。

校舎を出て校門に向かう。――例によって、ベンツが待っている。

「このままお帰りでよろしいですか?」

と運転手がドアを開ける。

「お出かけよ」

香子の言葉に、運転手は首をひねった。

ベンツが走り出すと、離れて停まっていた小型車が、少し間を置いて、ベンツの後尾に食いつくように尾《つ》け始めた。


「あら、出かけるの？」

と由利子の母、美子が言った。

「うん。ちょっと用があって……」

「こんなに遅く？」

美子もかなり物分りのよい方ではあるが、帰りが遅くなるのはともかく、遅くなってから出かけるというのは少々気になるところである。

「一人じゃ危ないわよ」

「大丈夫。旭子たちも一緒だから」

「そう言ったって……ここから一緒じゃないんだろ？」

「そりゃそうよ」

「じゃやっぱり危ないよ」

「心配性ねえ」

と由利子は笑って、「私は例の硫酸魔にやられたりしないわよ」

そこへ妹の真由子が顔を出して、

「当然よ。あれは美人しか狙われないんだから」

「何だこら！」

「へへ」

真由子はペロッと舌を出して逃げて行った。

「じゃ行って来る」

「気を付けてね」

「心配めさるな、って」

「いいえ、硫酸の方は大丈夫でも、他にも色々いるからねえ……」

「どういう意味よ、それ？」

由利子は母親をにらんだ。

「お姉ちゃん」

「何よ、うるさいわね」

「私、一緒に行ったげようか」

「子供はだめ」

「あっ、それじゃ何かみだらなこと、しに行くんだ！」

「馬鹿！　いい加減にしてよ！」

由利子は家を飛び出した。もうのんびりしちゃいられないのだ。香子との約束の時間に遅れてしまう。

「お姉ちゃん！」

バタバタと足音がして、真由子が追いかけて来る。

「何よ！　うるさいわね！」

「お財布忘れたよ」

と真由子が財布を差し出した。


旭子は、自分の部屋の窓から、ひそかに抜け出した。

二階なので、当然、下へ降りなければならない。

旭子は、下が芝生になっている辺りから、エイッと飛び降りた。——忍者の如くフワリと着地——すればよかったのだが、そこは素人《しろうと》の悲しさで、いやというほどお尻

を打って、

「イテテ……」

と顔をしかめた。「名優も楽じゃない！」

旭子の所も、由利子の家と同様、そう外出にうるさい方ではない。だから、普通に出かけると言っても、

「早くお帰りよ」

ぐらいで送り出してくれるのだが、今日はちょっと特別だ。何しろ硫酸魔（？）を演ずるのだから、その出発からして、怪しげ、かつリアルでなくてはならぬ、というわけなのである。

やっとこ立ち上がると、旭子は、足音を忍ばせ、玄関の方へ回った。玄関のわきの植込みの陰に色々と小道具を隠してあるのだ。

あたりを見回し、ふっと薄気味の悪い笑みを浮かべて、風呂敷包みを取り出す。

「さあて、出かけるかな……」

と、そっと歩き出すと、

「旭子、出かけるの？」

と玄関が開いて、母が顔を出した。「遅くなるなら電話して」

「はーい」

あーあ、気分壊《こわ》れた！——あれで結構、耳がいいのよね、全く。

大体が芝居大好き人間の旭子の母である。やはり多少風変りなところがある。娘が夜中に窓から忍び出るぐらいのことでは大してびっくりもしないのである。

旭子にしてみれば、張り合いのないこと……。

旭子は近くの公園へ行った。もちろんブランコに乗りに行ったのではない。

公園の木々の陰へ姿を消すと、一分後には、怪しげなコートをはおり、つばの広い帽子を目深《まぶか》にかぶって、サングラスをかけ、白いマスクをした女となって現れた。

ごていねいに白手袋まではめている。芝居好きだけあって、小道具にも凝るのである。

ポケットから、ガラスのびんを取り出して、軽く振ってみる。——本物の硫酸ではもちろんない。ただの水である。

いや、香子へ引っかけた時、風邪を引くと困るので、お湯を入れてあったが、もうさめてしまっていた（当り前である）。

びんだけはせめて本物、と思ったが、今日一日ではどうしても手に入らず、まだ半分以上残っていた化粧水のびんを、中身を全部捨てて、使っているのである。

名優たるためには、これくらいの出費は覚悟しなくてはならないのだ。

「さて、行くかな……」

声まで変っている。

旭子は通りへ出ると、タクシーを拾った。

犯人はタクシー代ぐらいケチってはいけないのだ！——もっとも、フトコロの方には痛かったが。

「あんた、何よ、その格好！」

由利子は旭子のスタイルを見るなりプッと吹き出してしまった。

「失礼ねえ。これでも苦労したのよ」

と旭子が、サングラスとマスクを外す。

「だって、私たちだけでやるのよ。それじゃやりすぎよ！」

「いいのよ。これが役者ってものなのよ」

「そう？」

「ローレンス・オリビエは『オセロ』をやる時、外に出ない所も真黒に塗るのよ。それが役者魂なのよ」

「へえ」

と由利子は感心して、「パンツの下も？」

「知らないわよ！　全く言うことが低俗ねえ由利子は」

「そんなことより、用意はいい？」

「そろそろ時間か」

「じゃ、定位置について」

「ＯＫ」

二人がいるのは、香子の家——家というのが、ちょっとはばかられる豪邸である——の近く。閑静な住宅地で、この時間ともなるとひっそりとして、通る人もない。

本来なら、香子は車で門の中へ入ってしまうのだが、今夜は特に犯人に協力して（？）、少し手前で車を降り、門までの百メートルばかりを歩いて来ることになっている。

その途中に、細い路地が何本かあり、その一つに、旭子が身を潜めて、襲いかかるという筋書なのである。

由利子の方は門の辺りで、事件を目撃することになっている。

「そろそろ来てもいい頃ね」

と呟《つぶや》くと、それに応《こた》えるように、遠くに車のライトが見えた。

「ちょっと」

と香子は言った。「車、止めて」

「はい」

「降りて歩くわ」

「ここからですか？」

と運転手が面喰《めんくら》って振り向く。「もう目の前ですが」

「分ってるわよ」

と香子は言って、「歩きたいの」

と肯いて見せる。

金持というのは、大体が気紛れなものであり、運転手の方も慣れっこである。

「かしこまりました」

と、すばやく降りてドアを開ける。

「ありがとう」

と車を出ると、香子は空を見上げて、

「散歩にはいい夜ね」

「はい」

今にも雨が降りそうな曇り空だったがその辺は逆らわない。

「先に行ってて、いいわ」

「かしこまりました」

何が何だか分らないが、ともかく、運転手は、言われる通り、ベンツを先に走らせて行く。

香子はゆっくりと歩き出した。

旭子は、路地の一つから顔を覗《のぞ》かせ、香子が歩いて来るのを見ていた。

「来た来た……」

とサングラスをかけ、マスクをして、準備完了である。

——何事かに熱中する人物には、他のことへの注意が不足するのは当然のことである。旭子も例外ではなかった。

人影が、旭子の背後へ忍び寄っていた。

足音を耳にして、

「ん？　由利子？」

と振り向こうとしたとき、何かがガンと旭子の頭を強打した。

旭子は、声も上げずに倒れた。

由利子は、香子が歩いて来るのを、遠くから眺めていた。

「そろそろ出る頃だけどな」

と、まるでお化けみたいなことを言っている。

香子の方は、至って落ち着いていた。大体が、落ち着いた人間であるし、それに合気道の心得などもあるから、夜道の一人歩きというのも怖くない。

手にした鞄《かばん》を左に持ちかえ、

「これは車に置いときゃよかったわ」

と呟《つぶや》いた。

鞄も、並みの学生鞄とはわけが違う。イタリアのハンドバッグの超一流メーカーへの特注品である。

スタイルは全く同じだが、使い込んでいくと、独特のツヤが出て来て、実にいい味が出る。香子の大のお気に入りであった。

「さあ、そろそろ……」

と歩きながら呟く。

背後に足音がした。

振り向くと、コート姿に、帽子を目深にかぶり、サングラス、マスクという、ごていねいないでたち。

「まあ！　ずいぶん凝りましたわね、旭子さん」

と香子は言った。

その女はすっと近寄って来た。——香子が、ふと、おかしい、と思った。歩き方、身のこなしが、どこか違う。

目が、相手の靴に落ちた。——旭子の嫌いなタイプの靴だ。

ハッと顔を上げる。女がポケットから、びんを取り出した。

由利子は、二人の影が一瞬重なるのを見た。

「今だ！」

と走り出す。

二つの影が、絡《から》み合うように……。

「キャーッ」

という悲鳴が夜を貫いた。

おかしい。由利子は立ちすくんだ。

香子が倒れて、誰かが、向こうへ駆け出して行く。

「香子！」

由利子は夢中で駆け出していた。

## 7　真由子危うし

「香子！」

由利子は倒れている香子へと駆け寄った。とたんに鼻をつく異様な匂い。これは
――本物の硫酸だ！

「香子！　しっかりして！」

抱き起こすのが、怖い。もし、顔をやられていたら……。

「ウーン」

と声を上げて、香子が自分で起き上がって来た。

「――よかった！」

由利子は大きく息を吹き出した。香子の色白の顔は傷一つない。目をパチクリさせながら、

「ああ……驚きましたわ、本当に」

こんなときまでていねいな言葉を遣《つか》っている。

「本物の硫酸ね。大丈夫だった？」

「ええ。直前に、おかしいな、と思ったんです。それで……」

香子はイタリア製の革鞄《かわかばん》を拾い上げて、

「これを顔の前に……。でもひどくなっちゃいましたわ」

鞄の表面が、見る影もなく焼けただれている。由利子は、これがまともに香子の顔へかかっていたらと思って、ゾッとした。

「鞄ぐらい買い替えられるじゃないの。顔はそういうわけにいかないのよ」

「そりゃまあそうですね。――あーあ、スカートにもたれてるわ」

「でも、よくとっさに……。さすがに合気道ね」

「おほめにあずかって恐縮です」

と呑気なことを言って、「――あ、そうだ！」

とハッとする。

「私より、旭子さんが、あの本当の犯人にやられてますわ、きっと」

「大変だ！　旭子！　旭子！」

二人は路地へと飛び込んだ。――旭子が大の字になってのびている。

「大丈夫。殴《なぐ》られて気を失ってるだけですわ」

と香子が、ホッとしたように言って、抱き起こした。そして気を失ったままの旭子の背中のあたりを、エイッと気合を入れて押してやると、旭子はピクッと動いて、

「ウーン……」

とうめきながら目を開いた。「……あ、ここはどこ？」

「何を呑気なこと言ってんのよ」

とホッとしながら、由利子は笑って言った。

「イテテ……。頭が痛い。由利子、けっとばしたでしょ」

「冗談じゃないわ。旭子を殴ったのは例の硫酸犯人よ」

由利子の話を聞いて、旭子は青くなった。

「それじゃ……香子も危なかったのね」

「でも、ごらんの通り無事ですから」

と香子が微笑《ほほえ》む。「それより旭子さんが何でもなくて何よりでした」

「ごめんね。私が不注意で。でも憎らしい犯人だわ、全く！」

そこへバタバタと駆けつけて来る足音がした。香子の家の運転手だ。

「お嬢様！」

「あら、どうしたの」

「何か悲鳴がしたものですから――」

「私は大丈夫。ともかくこの方、ちょっとけがしてるから、うちで手当を」

「かしこまりました」

「いいの、香子？」

「ええ。こんなことがあったんじゃ、少し休んでいただかなくては。――私、鞄を拾って来ます」

と放り出して来た鞄を取りに行ったが、すぐに戻って来て、「――これ、何でしょう？」

と差し出したのは……。


「化粧水のびんのふたよ、これ」

と由利子がクッキーを頰ばりながら言った。三人は、香子の大邸宅の居間――それだけで、ちょっとしたマンションくらいの広さがある――で、のんびりと紅茶をすすっていた。

「硫酸のびんじゃ目立つから、小出しにして使ってるのね、きっと」

と旭子は言った。

「これじゃ大した手がかりになりそうもないわね」

「S化粧品のマークが入ってるわ。でもこんなの使ってる人、沢山《たくさん》いるしね」

「――で、どうします？」

と香子が言った。「この件も、やっぱり警察へ知らせるべきでしょう？」

「あ、そうか。忘れてた」

と由利子は頭をポンと叩いた。

「でも、知らせたら大変ね。大目玉よ、きっと」

「親にも当然知らせが行って……」

「まず停学処分ぐらいは覚悟した方がいいでしょうね」

と香子が肯《うなず》く。

三人はしばし黙って顔を見合わせていたが、やがて由利子が言った。

「採決を取ります。この件については一切口をつぐんでいることに賛成の方――」

香子と旭子が手を上げる。「――満場一致で本案は可決されました」

と由利子は真面目《まじめ》くさった顔で言った。

「それにしても、犯人は何者なのかしら？」

と旭子が首を振った。「私たちの計画をどうして知ってたの?」

「たぶん私の後をつけたんじゃないでしょうか」

と香子が言った。「で、ちょうど私があそこで車を降りたので……」

「待ち伏せしようと思ったら、先客がいたってわけね」

と由利子が肯いた。

「そこで諦《あきら》めないっていうのが図々しいわね」

「旭子が怒ったって仕方ないわよ」

「犯人はかなり大胆ですね。逆に言えば焦ってるんですわ、きっと」

「焦って?」

「あんな無理をしてまで、襲おうとするなんて。たぶん、相当いら立ってるんだと思いますわ。前のときも失敗しているし」

「でも、今日も失敗したわ」

「そうなると……」

由利子が不安気な表情になって、「犯人がかなりやけになることも考えられるわね」

と言った。

「それだけボロを出す可能性も大きくなります」

「そうね。かえって、犯人を捕まえるいいチャンスかもしれないわよ」

と旭子が言った。

「でも、もう私たちは襲わないわよ」

「そうね。――するとまた誰か他の……」

三人はやや考え込んだ。

「もうこんなことはやれませんよ」と香子が言った。「今度はみんな無事だったけど、この次もそうとは限りませんからね」

「分ってるわよ」

由利子が肯いた。「あんまり無茶はやるもんじゃないわね」

「でもシャクじゃない。私、殴られて黙っちゃいらんないわ」

「何言ってんの。もし硫酸かけられてたら、どうなったと思うのよ」

「そりゃまあ……ね」

「ともかく、今日はもう遅いですからお帰りになっては？　車で送らせますわ」

「悪いわね。ごちそうになったり車で送ってもらったり」

「どういたしまして」

その時、居間の電話が鳴って、香子が、

「ちょっと失礼」

と受話器を取った。

「はい、弘野でございます。――あ、いらっしゃいます。お待ち下さい。――お姉さま、お宅からです」

「うちから？」

由利子は受話器を受け取った。「もしもし」

「あ、由利子？　大変よ」

母の美子である。えらくあわてている様子だ。

「どうしたの？」

「真由子がね――」


さかのぼること約三十分。

「そろそろお風呂へ入ったら？」

母親に言われて、熱心にテレビを見ていた真由子は、

「はあい」

と渋々腰を上げた。

大して面白くない番組だから素直に従ったのであって、これが好きなタレントでも出ていれば絶対にやめるはずがない。

大欠伸《あくび》をしてから、真由子はテレビをつけっ放しにして、着替えを取りに部屋へ戻った。

テレビを消すのは母親の役目である。何しろ、真由子ぐらいの世代にとっては、テレビというのはついているのが普通の状態で、寝るときや出かけるときに消すというのが原則になっているのだ。

着替えを持って浴室へ。さっさと服を脱いで、中へ入る。

真由子は前にも書いた通り十三歳だが少しヒョロリとしてはいるものの、すでに女らしい体つきになりつつあった。

自分でもその辺はよく承知していて、夏でも、姉の由利子がワンピースの水着なのに、自分はぐっと大胆なセパレートやビキニを着て差をつけている。

当然のことながら、美容にも気をつけていて、風呂も姉以上に長い。

真由子はのんびりと湯につかった。長湯で熱い好きというわけで、体中が赤くほてって来るぐらいでないと入った気がしない。

「いいお湯……」

鼻歌でもつい出そうになる。真由子は体をゆったりとのばして目を閉じた。

浴槽のすぐわきに、庭へ面して窓がある。むろん曇りガラスの、小さな窓だが換気口の役割りも果たしているのである。

じっと湯につかっていた真由子は、ふと物音に気付いた。——真由子は耳がいい。呑気な性分の姉に比べると、割合い神経質なところがあるのだ。

何だろう?——足音かしら?

そうらしい。かすかだが、足音らしいものが、窓の下に聞こえる。

今頃、庭に誰かいるはずもない。真由子はじっと耳を澄ました。

そっと、一足一足を慎重に運んでいる。どうもまともな人間のやることとは思えない。

庭へ入り込むのはそうむずかしくない。むろん間違って入るなどということは考えられないから、コソ泥かのぞきか、そのどっちかだろう。

足音は、浴室の窓の方へ近付いて来たようだ。——のぞきだな、と真由子は思った。

そんなにしてまで女の子の裸なんて見たいものかしら。物好きね。

しかし、素直に見せる気は毛頭ない。曇りガラスの向こうに、チラリと影が動いた。

真由子はのんびりと鼻歌をハミングしながら、そっと手おけに手をのばした。おけに湯をタップリとくむと、右手に持って、左手をそっと窓へのばす。

中の様子をうかがおうというのか、人影がまともに窓に映った。――今だ！

左手がサッと窓を引く。同時に手おけの湯をバッと外へ。

「アッ！」

と声がして、まともにかかったらしい。

足音が庭を駆け抜けて行く。

「ざまあみろだわ！」

鼻高々で、真由子は窓を閉めると、またのんびり湯舟に浸《つか》った。

風呂を上がってから、真由子はバスタオルを体に巻いて、居間へ入って行った。父親の矢吹紳一が本を読んでいる。

「ねえ、今、のぞきを撃退しちゃった」

「何だと？」

真由子の話を聞いて、矢吹はびっくりした。

「どうして大声を出さないんだ！　取っ捕まえてやったのに」

「だって、面倒じゃないの」

「よし、庭をちょっと見て来よう」

矢吹は庭へ降りて、浴室の窓の方へと歩いて行った。

「暗くて分らんな。――おい、真由子、懐中電灯を貸してくれ」

と大声で言うと、真由子が急いで服を着ながら、庭へ出て来た。

「はい。持って来たわよ」

「何だ、お前、その格好は。ちゃんと着てから出て来い」

と矢吹が顔をしかめる。「――よし、貸せ。――この辺か」

下に、真由子が浴びせた湯が水たまりになっている。

「まともにかかったらしいわね。いい気味だわ」

「全く、呑気なことを……。おや？　何だ、これは」

と、矢吹が拾い上げたのは……。

「化粧水のびんじゃないの」

「ふむ。――中身が入ってるぞ。しかし……」

矢吹はびんのふたを取って、匂いをかいでみて、顔をしかめた。

「どうしたの？」

「こいつは、もしかすると……」

矢吹は、「ちょっとどいてみろ」と言いながら、明るい所へ出て来て、芝生《しばふ》の上へ、びんの中の液を少したらした。

シュッと音がして白い煙が立った。草が、黒く変色して、見る見るちぢれて行った。

「——これは何？」

真由子が唖然《あぜん》として言った。

「どうやら硫酸らしいぞ」

と矢吹が言った。「——お前、大変なことになるところだったな」

「じゃ、例の……犯人が？」

「かもしれん」

さすがに真由子も青くなった。知らぬが仏とはこのことで、あれが硫酸魔だと知っていたら、ああも大胆なことはできなかっただろう。

「ど、どうしよう？」

「今さら仕方あるまい。もう追いかけたって無理だ」

「警察へ知らせる？」

「このびんから何か分るかもしれんからな」

矢吹は、硫酸のびんをそっと庭の上り口へ置いた。

## 8　香子、犯人を発見す

「どうでしょね」

　由利子は首を振りながらため息をついた。

「見てよ、新聞に出ちゃってさ。〈女子中学生、硫酸犯を撃退！〉だって。この写真の得意そうな顔ったら！」

「こっちはあんな危ない目にあったのにね」

　と旭子がぼやく。

「仕方ありませんわ」

と香子は至って淡々として、「それに、旭子さん、いつもおっしゃってるじゃありませんの」

「何て？」

「本当の役者に客の喝采《かっさい》はいらないって」

　こう言われては旭子、グウの音《ね》も出ない。

三人は、昼休み、校庭のベンチに腰かけていた。

「犯人は例の化粧水のびんを二つ持っていたわけね」

と由利子は言った。「私たちの方で失敗して、それでうちへ回って……」

「犯人は自動車を持ってるんですわ」

と香子が言った。「私を学校からつけて来たときも、お姉さまの家へ回ったときも、車を使っているはずですもの」

「それにしても、犯人は私の家を知ってるわけよね」

「そりゃ由利子は有名だもの」

「あら、私の美しさってそんなに知れ渡ってる？」

旭子は咳払《せきばら》いして、

「その理由はともかくとして、よ」

「でも、犯人はここの学生の動きを実によくつかんでいますわ」

「そこよ。——犯人は学内の人間ね」

「生徒の中にいるというの？」

「私たちの中に……」

三人はしばらく黙り込んだ。前々から薄々分っていたとはいえ、身近に犯人がいるに違いないと思うのは、やはりショックである。

「ね、一つ提案があるの」

と旭子が言い出した。

「何？　何か名案でも浮かんだ？」

「そ、それほどのことでもないんだけどね……」

「言ってみなさいよ、ともかく」

「うん――ね、ちょっと裏門から出て、たいやき、買って来ない？」

このいささか唐突な動議は即座に可決された。

裏門を出ると、すぐの所にたいやきの店がある。三人がゾロゾロと買いに行くと、

「――あら、あなたたちも？」

と出て来たのは、何と担任の辻井浜子だった。

「あ、先生。たいやきですか？」

「そうなの。ちょっと風邪《かぜ》気味でね、甘いものが欲しくって」

そう言って辻井浜子ははでにクシャミをした。

「先生、大丈夫ですか？」

「ええ、ちょっとね……。じゃ、遅れないようにしてね」

「はーい」

辻井浜子が紙袋をかかえて行ってしまうと、旭子が言った。

「先生もやってるんじゃ、安心してこっちも買えるってもんだわね」

「本当ね。——さ、二つずつでいいかな。旭子は？　いい？　じゃ、香子は？——香子！」

何やら心ここにあらずという様子だった香子は、我に返って、

「え、ええ？——何でしょう？」

「何をぼんやりしてたの？」

「ちょっと考えてたんです」

と香子は言ってから、「私、買います」

「あら、でも……悪いわ」

「ねえ」

「いいんです。——一万円もあればいいでしょうか？」

と香子は真面目《まじめ》な顔で言った。

「今や、私、学校のアイドルよ」

と真由子が得意げに言った。

「分ったわよ」

由利子がうんざりした顔で、「あんまりそんな話が広まると、大きくなって結婚相手がなくなるわよ」

と言ってやった。

「わ、やきもちやいてる。みにくい心根の持主ね」

わざとむずかしいことを言って喜んでいるのである。

「二人ともつまらないこと言ってないで、早くご飯を食べなさい」

とにらんだ。夕食中なのである。今夜は珍しく、父も早く帰って来ていた。母の美子が、

「警察の方じゃ、どうも手がかりがつかめないようじゃないか」

「あの化粧水のびんからも、お父さんの指紋しか採れなかったって」

「犯人は実に慎重な奴だな」

「ひょっとして」

と由利子が言った。「お父さんが犯人なんじゃない?」

「由利子、何てことを――」

と美子が目をむいた。

「ミステリーの結末としては悪くないわね」

と真由子が同調して、「意外な犯人として申し分なし、ね」

矢吹は笑って、

「私はそういう趣味はないな。――せいぜいクラブでホステスのお尻をなでるくらいだよ」

「まあ、あなた！」

美子ににらまれ、矢吹は小さくなった。

そこへポロンポロンと玄関のチャイムが鳴った。

「おっ、客だぞ。出てみよう」

それ幸いと、矢吹は席を立って玄関へ飛んで行った。

「全く調子がいいんだから……」

と美子が苦笑いする。

「――おい、弘野さんだよ」

と矢吹が顔を出す。

「まあ香子が？」

と由利子が立ち上がる。「何の用かしら？」

「ちょっと真由子に用があるとか」

「私に？」

真由子が目を丸くした。

「――ごめんなさい、夕食どきに」

と香子が言った。

「いいえ、もう済んだんです。何でしょうか、私に用って？」

大家《たいけ》のお嬢さん、というので、美子も早速《さっそく》居間へ香子を通して、上等の紅茶などを出す。

「ゆうべ、お風呂場の外に怪しい人影が見えたときのことなんですけど」

香子の言葉づかいに、真由子の方も調子が狂って、「はあ、何でございましょう」なんてやっている。由利子が吹き出してしまった。

「香子。妹がびっくりしちゃうから、私にしゃべってよ」

「失礼いたしました。――いえね、私、犯人の背の高さを知りたかったんですの」

「背の高さ？」

「窓のどの辺に人影が見えたのか、それが分れば、犯人の大体の身長が分るような気がしまして」

「なるほどね。――真由子、分る？」

「そうねえ」

真由子は首をかしげたが、「――やってみりゃ分ると思うわ」

「風呂に入るの？」

「大丈夫。お湯は抜いたままよ。まだ入れてないわ」

「じゃ、浴槽へ大体同じぐらいの感じで入ってみて。私と香子が庭へ回るわ」

「ＯＫ」

真由子もこういうことは嫌いでない。少なくとも、勉強より面白い。

早速、浴室へ行って、湯舟へ裸足《はだし》で入る。庭の方へサンダルを引っかけた香子と由利子が回って、浴室の窓を開けた。

「閉めとかなきゃ、お姉ちゃん」

「いい？」

「うん。――ええと、私はこれぐらいね、きっと」

真由子が空《から》の湯舟にしゃがんで窓を見上げる。外から、

「どう、見える？」

「全然見えないよ」

「――今度は？」

「あ、少し影が見えた」

「これくらいの感じ？」

「もうちょっと上まで来てたと思うわ。——そう、そんなもんね」

「確かに？」

「それくらいよ」

庭の方で、由利子と香子は顔を見合わせた。

「香子、これどういうこと？」

「つまり、犯人は、私たちが思いっ切り背伸びしたよりも背の高い、今、お姉さまが、その台の上に乗ったぐらいの背丈《せたけ》だってことですわ」

「かなりの長身ね」

「でなければ高い靴をはいているか……」

「でも逃げにくいでしょ」

「そうですね。つまり犯人は背の高い人物ですわ」

「一つの手掛りにはなるわね」

「大きな手掛りだと思います」

「大きな？」

由利子はまじまじと香子を見つめた。

「一体何を考えてるの？」

「いいえ、別に」

「嘘言わないで。こんな時間に急にやって来たりして。——何か隠してるんでしょ。白状なさいよ」

香子は深刻な表情になって、

「考えはあります」

と肯いた。

「何なの？」

「今は申し上げられませんわ、お姉さまにでも」

「でも——」

「はっきり確信が持てたら申し上げます」

「何よ、もったいぶっちゃって。犯人が分ってるとでもいいたいの？」

「ええ、そうなんです」

由利子は唖然とした。

「本当に？——誰なの？」

「ですから、さっき申し上げた通り、確信が持てたら申し上げます」

香子も言い出したら頑固である。「――どうもお邪魔しました」

と、待たせてあったベンツに乗って帰って行ってしまった……。

「香子ったら、どうしちゃったのかしら？」

由利子は首をかしげた。

「あの人、変ってるのね」

と真由子が言った。「――で、何か分ったって？」

「うん、ちょっとね」

「何なの？　教えて！」

「何でもないのよ。ただ、犯人が分ったんですって」

しゃくなので、由利子もさりげなく言ってやった。


車で帰る途中、香子は運転手へ声をかけた。

「ねえ、あなたは何年うちで働いていたっけ？」

「十二年でございます」

「うちの仕事に満足してる？」

「それはもう」

「あなた、子供がいたわね」

「はい、女の子が」

「いくつになる？」

「十一歳になります」

「そう。――私みたいな子供をこうやって乗せて走ってて、腹の立つことってない？」

「これが仕事でございますから」

「でも……こんな小さい子供が高級車に乗って生意気な、とか、感じること、ない？」

「ございません」

「仕事だから？」

「いえ。お嬢様のような方は、そういう席に、とてもしっくりとなじんでおられますから。これがにわか成金《なりきん》などですと、やたら横柄《おうへい》にいばり散らして……」

「いやでしょうね、そんなときは」

「それはもう。――ですが、こちらで使っていただくようになってから、そんなことはございません」

「そう。それなら嬉しいわ」

香子は何を考えているのか、しばらく、黙って窓の外を見ていたが、やがて、

「ねえ、もしも……」

と言いかけて、言葉を切った。

「――何でございましょう?」

「もしも、よ。私の父や母が、何か悪いことをして――」

「そんなことは……」

「もしも、だって言ってるでしょ。何かやって、あなただけがそれを知ってるとしたら、どうする?」

「どう、と申しますと?」

「警察へ届ける?」

「いいえ、とんでもない」

と運転手は即座に答えた。

「届けないの?」

「はい」

「どうして？」

「それが私のつとめでございます。警察から逃げるときには、その車を運転させていただきます」

運転手の明快な言葉に、

「ふーん」

と香子は考え込んでしまった。

## 9　ロッカールームの秘密

「香子ったら、何だかえらく考え込んでいるじゃない？」

と旭子がそっと由利子へ言った。

「そうね」

「どうかしたのかしら？」

「さあ、知らないわ」

と由利子は逃げた。——香子は犯人が分った、と言った。本当だろうか？　いや、そんなことで冗談を言う香子ではないのだ。

しかし、分ったのなら、なぜ黙っているのだろう？　香子らしくない……。

昼休みだというのに、由利子と旭子の方へは近寄ろうともせず、一人、自分の席で物想いにふけっている。

「恋人に振られたのかな」

と旭子が勝手なことを言っていると、当の香子が席を立ってやって来た。

「香子のこと、心配してたのよ、二人で」

と旭子が言うと、

「申し訳ありません。やっぱり自分一人では無理だという結論に達しましたわ」

「何が？」

「犯人を捕まえることです」

旭子が呆れて、

「何よ、香子、一人でやる気だったの？　ずるいぞ、こいつ！」

「お姉さまや旭子さんを危ない目にあわせたくなかったんですもの」

「何言ってんの、親友同士じゃない。生きるも死ぬも一緒よ」

と旭子はやや芝居がかっている。

「でも、香子」

と由利子は言った。

「犯人は誰だと思うの？」

「それは……」

と言いかけて香子はためらった。「私の思い違いかもしれません。それなら嬉しいんですけど」

「それ、どういう意味？」

由利子の質問には答えず、香子は、

「また旭子さんの力をお借りしたいんですけど」

「任しといて！　いくらだって貸すわ。利子は取らないから安心して」

「当り前でしょ」

と由利子は苦笑いした。

「で、私は何すりゃいいの？」

「午後の一時間目は、辻井先生の授業でしょう。そのときに――」

辻井浜子は英語の教師である。教え方が明快で分りやすいという定評があった。もっとも、このところ、事件のせいもあるのか、授業も多少だれ気味で、生徒に教科書

を読ませておいて、自分は何かぼんやりしてしまうことがあり、生徒から、

「先生、読み終りましたけど」

と言われて、はっと気付くようなことすらあった。

「先生、疲れてるみたいね」

という囁《ささや》きがあちこちで交わされる。

「この構文は大切ですから憶えておくように。例えばこんな風に使えます」

と、辻井浜子が黒板に向かって、例文を書き始める。旭子が隣の子へ、

「ちょっと、ナイフ持ってる？」

と、声をかけた。「鉛筆削るの」

シャープペンシルやらボールペンを使わずに、鉛筆を削りながら、それも電動鉛筆削りなんかでなく、ナイフを使うのが、ナウだということになっているのである。

ナイフを借りた旭子、鉛筆を慣れた手つきで削り始めたが——。

「あっ！」

と声を上げ、ナイフを取り落とした。辻井浜子もびっくりして振り向く。

「どうしたの？」

「手が滑って……」

ぐっと右手で押えた左手の指の間から血が伝い落ちると、キャーキャーと声が上がる。

「私、保健室までついて行きます」

と香子が立ち上がった。

「大丈夫、一人で行けます……」

と言いながら、旭子は苦痛で顔をしかめた。

「ついて行ってもらいなさい。弘野さん、お願いね」

「はい、先生。——さ、旭子さん」

と香子が抱きかかえるように旭子を立たせて、教室を出て行く。——辻井浜子は、心配そうにそれを見送っていたが、

「さあ、授業に戻りますよ」

と、再び黒板に向かった。

由利子はホッとして、ノートに黒板の例文を写し始めた。

廊下を少し行くと、香子は素早く周囲を見回して、

「もう大丈夫ですわ、旭子さん」

「そう。どうだった、私の演技?」

と旭子はケロリとしている。もちろん手を切ったなどというのはでたらめである。

「よかったですよ。アカデミー賞は無理だとしても」

「あら、無理かなあ」

「さ、早く」

「どこへ行くの?」

「ロッカールームです」

授業中とはいえ、授業のない教師もあるわけだから、見とがめられては面倒である。

二人は幸い誰にも見られずに、職員室の前を通過した。

「ロッカールーム、って……教師の?」

「そうです」

「見付かったら大変よ」

「ええ。旭子さん、もう戻られた方がいいですわ。見付かっても私一人が怒られれば済むことですから」

そう言われて、

「じゃそうするわ」

と、逃げ出すわけにはいかない。旭子は、内心少々気は進まなかったが、

「何言ってんの。それぐらいどうってことないわよ」

と強がって見せる。「で、何するの?」

「ともかく中へ」

教師のロッカールームは、廊下の、ちょっと奥まった所にある。すりガラスの窓のついたドアを開け、二人は中へ入ると、ドアをそっと閉めた。

「どうしようっていうの?」

「辻井先生のロッカーを調べるんです」

と香子は言った。旭子は目を丸くした。

「先生の? どうして?」

「ともかく調べるんです」

香子はロッカーの名札を見て行った。

「ええと……あ、これだわ」

「鍵かかってるわよ」

小型ながら、ガッチリした感じの南京錠がかけてあるのだ。「変ね、ここだけよ」

「新品ですわ。つい最近つけたんでしょう」香子はちょっと考えていたが、頭へ手を

やると、ピンを一本抜いて、ぐいとねじ曲げた。旭子が目をパチクリさせて、

「何やるの?」

「これを外すんです」

と香子は鍵の上へかがみ込むようにして、ピンを鍵穴へ差し込んだ。


「――はい、よく読めましたね」

辻井浜子は肯いて、「今の所の実例が、この間TVの英会話教室でとても巧《うま》く使われていたので、録音しておきました。それを――」

と言いかけ、

「あら、研究室に置いて来ちゃったわ、カセットレコーダーを」

「取って来ます」

とクラス委員が立ち上がる。

「いいのよ。あなたじゃ分らないから、私が行って来ます。すぐ戻るわ」

と教室を出て行く。とたんにワイワイガヤガヤが始まった。

香子たち、巧くやっているかしら? 由利子は気が気ではなかった。何しろ、ことは凶悪な犯罪なのだ。気軽に考えていると、とんでもない目にあうことになる……。

「――変ね、先生」

とクラス委員が言うのが耳に入った。

「何が変なの？」

「研究室って言っておいて、全然違う方へ行っちゃったわ」

由利子は、一瞬不安に捉えられた。――香子から、行先だけは聞いていたのだが。

「どっちへ行ったの？」

「職員室の方」

由利子は立ち上がった。

「ちょっとトイレに行って来るわ」

「あらそう。早く戻って来た方がいいわよ」

「分ってるわよ！」

由利子は廊下へ出た。駆け出すわけにいかないのが辛いところだ。しかし、いつの間にか由利子は小走りに走っていた。

「まだ開かないの？」

旭子が、気が気でない様子で言った。

「待って下さい。もう少し……」

香子が複雑に折り曲げたピンで、鍵に挑《いど》んでいる。

「香子、泥棒の訓練も受けてるの？」

「いいえ。これは趣味です」

「変な趣味ね」

「指先の鍛練になりますから」

「そんなもんかしら……」

「ちょっと！――足音が」

と香子が言った。耳を澄ますと、確かに廊下を近付いて来る足音。

「ど、どうしよう？」

「落ち着いて！　ロッカーの中へ隠れるんです」

「ええ？　だって、こんなに狭い所へ？」

「早く！」

せかされて、旭子は一番手近のロッカーを開いた。細長い、コートをかけられるような造りのロッカーなので、入って入れないことはない。仕方なく、旭子はロッカーへと潜り込んだ。

香子がその扉を閉め、自分も隣のロッカーへ。ピタリと扉を中から引っ張って閉めると、危機一髪、ロッカールームのドアが開く音がした。

じっと息を殺している香子と旭子の耳に、足音がロッカールームの中へ入って来たのが聞こえた。

誰だろう？　旭子は、ロッカーの扉に切ってあるスリット（すき間）の所へそっと目を当てて覗いてみた。

辻井先生！――授業中だというのに、何しに来たのだろうか？

見ていると、辻井浜子は、自分のロッカーの前に立って、ちゃんと錠がかかっているのを確かめ、安心したように、ちょっと息をついて行こうとしたが……ふと何か妙だと気付いたらしい。改めて南京錠をかがみ込んでまじまじと眺めている。香子がピンでいじくり回している内に、傷をつけたのかもしれない。

急に不安になった様子で、着ていたブレザースーツのポケットを探り、鍵を取り出すと、錠を外した。

扉を開けると、何やら大きな、重そうな紙袋を取り出し、中を探っている様子。

――旭子は、ちょうど角度の関係でその中身が見えない。

もうちょっとなんだけど……。

つい、動くつもりもなく動いたらしい。ロッカーの内側に立てかけてあったテニスのラケットが倒れてガタガタッと音を立てた。

ハッと息を呑んだのは、旭子も辻井浜子も同じだった。旭子は息を殺して外を見た。辻井浜子の顔は、見たこともない緊張にこわばって、目が異様に輝いているように見えた。

辻井浜子の方では、どのロッカーで音がしたのか、よく分らなかったらしい。ゆっくりと足を進め、一つ一つのロッカーをじっと探るように見ていたが……。

何か気配を感じたのだろう、旭子の潜んでいるロッカーの前へ立つと、しばらく様子を窺《うかが》ってから、扉へと手を伸ばした。

そのとき、もう一つのロッカーから、香子が飛び出した。辻井浜子がハッと振り向いたが、止めるすべもない。香子が、床に置いたままだった紙袋を持ち上げると、中身をエイッと床へぶちまけた。

ドカッと落ちたのは、紙紐《ひも》でくくったグレーのオーバーと毛糸のスキー帽、そしてサングラスが落ちて割れる。

続いて、大きなボール紙の箱が落ちた。紐で固く縛ってあるが、中はかなりの重さらしく、床にぶつかって、ガシャンと何かが割れる音。――ジュッと音をたてて、箱が白煙と共に破れ始めた。

硫酸の匂いがロッカールームに立ちこめる。辻井浜子と香子は、黙ったままじっと向かい合って立っていた。

――やがて辻井浜子が、大きく息を吐き出すと、急に力が抜けたように、傍《そば》のロッカーへもたれかかった。

「――いつか分ることだったわね」

辻井浜子の声は、優しかった。

「先生……」

「あなた方三人組は頭がいい。探り出されるんじゃないかと気が気じゃなかった……。でも、もういいのよ。分ってほっとしたわ」

辻井浜子はロッカーから離れると、「――弘野さん。みんなに話してちょうだい。犯人は私だったっていうことを」

「先生――」

と香子が進み出ようとすると、

「動かないで」

と、辻井浜子の手にナイフがあった。「これを使わせないでちょうだい」

「先生、どうなさるつもりですか?」

「自分の始末は自分でつけたいのよ。分ってちょうだい」

「いけません! そんなことを――」

香子の言葉が終らぬ内に、辻井浜子は素早く身をひるがえすと、ロッカールームから飛び出して行った。

「先生!」

香子が後を追う。旭子もロッカーから出ると、あわてて駆け出した。

## 10 二つの顔

廊下を駆けて行く香子を、やって来た由利子が見付けた。

「香子! どうしたの?」

「あ、お姉さま。辻井先生は――」

「今その階段を駆け上って行ったわ」

「大変だ! 飛び降りる気なんですわ」

そこへ旭子も駆けつけて来る。

「驚いた！　辻井先生が硫酸魔だったのよ！」

「じゃ、やっぱり――」

香子の話でうすうす察してはいたものの、由利子も一瞬青ざめた。

「ともかく先生を死なせるわけにはいきませんわ」

香子が階段を駆け上る。それっとばかり、由利子と旭子も続いた。

校舎は四階建である。上から飛べば死ぬには充分すぎる高さだ。

四階まで、息を切らしつつも一気に駆け上った三人は左右を見回した。――廊下は一直線に見通せるのだが、人の姿はない。

「どこに行ったのかしら？」

「変ですね。空いている教室にでも入られたのかしら……」

由利子がふと頭上を見上げて、

「上に上がったんではないかしら」

と言った。

「屋根の上に？」

「屋根ったって平らなのよ。ほら、こっちの奥に、上へ上がるはね戸があるわ」

「お姉さま、よくご存知ですわね」

「ちょっと上がったことがあるのよ。行こう!」

と三人は駆け出した。——急に、教室の一つから、男の教師が出て来て、三人の前へ立ちはだかると、

「廊下を何だと思っとる!」

と怒鳴った。「運動場じゃないぞ!」

「緊急の用なんです」

「何が緊急だ! クラスと名前を言え!」

こんなのにかかずらっちゃいられない。香子がいきなり手をのばして、

「失礼します」

と言うと、教師の胸もとをつかむ。

「おい、何をするか!」

あわてて教師が後ろへ退がろうとする、その動きを利用して、香子は素早く教師の背中へ回ると、

「やっ!」

かけ声と共に、大きな教師の体はもののみごとに一回転。床にズシンと落下して、のびてしまった。

「早く！」

三人は全速力で駆け出す。教室からゾロゾロと出て来た生徒たち、唖然として……。

「そこに戸があるわ。――その踏み台を貸して！」

由利子が先頭に立って、戸を力一杯はね上げると、上へ出た。

風が強く吹きつけて来る。――真っ平らな広い屋根の上をぐるりと見渡すと……辻井浜子が、そのへりに立って、じっと校庭の方を見やっている。

ちょうど由利子の方へ背を向けていて、気付いていない様子だ。

「由利子――」

と旭子が下から声をかけるのを、

「シッ！」

と制し、声を殺して、「私一人で行くわ。三人も上がったら気付かれるもの。……巧《うま》く後ろから抱きついたら、飛んで来てちょうだい」

「大丈夫？　道連れにされたら大変よ」

「任しとけって」

そうは言っても自信はない。ゴクリと唾《つば》を飲み込むと、靴を脱いでそこへ置き、足音がしないよう、そろそろと遠くを回るようにして、辻井浜子の背後へと近付いて行く。

思い出に耽《ふけ》っていたのだろう、辻井浜子はふと我に返った様子で、手にしていたナイフを足下《あしもと》へ捨てると、前へ進んだ。

爪先が、へりから先へ出ている。見下ろす真下はコンクリートの通路だ。頭を打って、一瞬の内に死が訪れるだろう。

風がヒュッと鳴って髪を乱した。辻井浜子は目を閉じると大きく息を吸い込んだ。

由利子が腕を伸ばす。

「あぁっ！」

旭子が思わず声を上げた。


「やあ、君は確か――」

「矢吹由利子です」

「ああ、そうだったね」

と辻井は肯いた。

「授業中、すみません、呼び出したりして」

「いや、いいんだよ。何か用なのかい？」

都立高校の裏門で、まだ午後の授業の最中とて、人影はなかった。

「実は……奥様のことなんですが」

と由利子は言いかけて、ためらった。

「家内がどうかした？」

辻井が不安な様子で、「倒れたのかい？」

と訊いた。

「亡くなりました」

と由利子は言った。

「何だって？」

辻井は啞然として、「――死んだ？　どうしたっていうんだ、一体？」

「先生のロッカーから、硫酸事件の犯人が着ていたオーバーや帽子、それに、残りの硫酸も見付かりました」

辻井は深々と息をついて、両手で顔を覆った。

「そうか……。いつまでも隠しておけるとは思わなかったが……」

「ご存知だったんですか、奥様が犯人だったことを？」

「時々、様子がおかしくなることがあった……。クラスの子や、他のクラスの子でも、急にひどくののしったりするんだ。一体どうしたのかと、こっちはびっくりするばかりだったんだが……。どうしてあんなことになったのか、分らないよ」

「きっと、先生はご病気だったんですわ」

と由利子は言った。

「そうだね。あれが悪いんじゃない。病気だったんだ……。どうして死んだんだね?」

「校舎の屋根へ上がって、飛び下りられたんです。止めようとしましたが、間に合いませんでした」

「そうか。——何か、言い残さなかったかい?」

「いえ、何も」

辻井は大きく一つ息をつくと、

「ありがとう。——警察が来ているんだろうね?」

「ええ。遺体は……後刻、署の方でお渡しするということでした。——そろそろ警察の方が来る頃だと思いますが、取りあえずお知らせしておこうと思って」

「ありがとう」

辻井は頭を下げた。「心遣いが嬉しかったよ」

「失礼します」

由利子も一礼して、花園学園の方へと戻って行った。

「ああ、遅くなっちゃった」

腕時計を見て、そう独り言を言いながら、真由子は足を早めた。

夜──十一時近くになっている。そう人通りの少ない道筋でもないのだが、時間が時間だけに、他に人影はない。

もう少しで家に着く真由子の足が一段と早まった。──と、突然、行く手を遮《さえぎ》って人影が立った。

ピタリと足を止めて、

「誰？」

と真由子は言った。

電柱の陰に隠れていたらしいその人影は、ゆっくりと真由子の方へ近付いて来た。

「何よ。……何すんのよ？」

言いながら、真由子はジリジリと後退した。

相手はグレーのオーバーを着込み、毛糸の帽子を深くかぶっていた。サングラス、マスク。そして手袋をはめた手に、化粧水のびんが握られている。

「やめて……。人を……呼ぶわよ」

真由子の声も、さすがに震えている。相手の手がびんをかざして、すっと上がった。そのとき、ヒュッと何かが空を切る音がして、その手からびんを弾き飛ばした。

「あっ！」

苦痛の声を上げて、手を押えてうずくまる。——どこにいたのか、刑事や警官たちが、一斉に飛び出して来ると、その人物を取り押えた。

「放して！　放してよ！」

奇妙にざらついた声だった。手錠が鳴って、ハッと見上げた顔から、帽子と、サングラスが落ちた。刑事がマスクを引きちぎると——化粧こそしているが、見間違いようもない、男の顔、辻井の顔が現れた。

「ご苦労さん、真由子」

と由利子がやって来て妹の肩を叩く。

「お姉さん、ちっとも出て来ないから、ハラハラしちゃった」

と真由子が恨みがましく姉をにらむ。「わざと襲わせてから出て来る気だったんでしょう。私の美貌をねたんで」

「馬鹿言うんじゃないの」

由利子が拳固でコツンと真由子の頭を殴った。「香子に礼を言いな」

「イテテ。あのピュッていう音、香子さんだったの？」

「当ってようございましたわ」

と弓を手にして、香子が出て来る。

「まあ、弓までやるの！」

「他に、なぎなたを少々……」

と香子は会釈した。

「――あの人、狂ってるのね」

とポツリと言ったのは、旭子である。

「ね、香子、どうしてご主人の方を犯人だと分ったの？」

「身長です」

「身長？」

「浴室を覗いた人物の背の高さを測ったでしょう。あれで行くと、辻井浜子先生にしては背が高すぎたんです。私を襲おうとした人物は、そんなに大きくありませんでした。――つまり、本当の犯人はご主人の方だったんですけど、私を襲おうとしたのは、奥さんだったんです。ご主人が犯人だと知って――でも、警察へ引き渡すこともできず、何とか容疑を他へそらそうとしたんですわ。あの晩、ご主人は学校で夜まで会議があり、その間に事件を起こせば、絶対のアリバイがあるわけですもの、まず嫌疑をかけられずに済むと考えたんです」

「じゃ、最初から未遂に終らせるつもりだったのね」

「もちろんですわ。本気で硫酸をかけられていたら、鞄ぐらいじゃとても防ぎきれませんでした。――ところが、ご主人の方は、会議を途中で抜け出して、お姉さまの家へ忍び込んだんです。私を狙いたかったようですが、奥様の方が、コートや帽子を持って行ってしまったので、外では襲えない。それでお姉さまの家へ、というわけです」

「何だ、私が狙われたんじゃないのか」

と真由子がつまらなそうな声を出す。

「香子は、最初から辻井先生が何か関係あると思ってたの?」

「ええ。事件の後のやつれ方が、ただごとじゃありませんでしたもの。それに生徒の行動が分る人、硫酸を盗める人、というと……」

「じゃ奥さんの方を疑ってたわけね」

「そうです。でも、あの身長のことがあって、ご主人なら同じように学校の事情が分るし、中の様子も知っていると思いついて……。それに、真由子さんが犯人にお湯をかぶせた翌日、辻井先生、風邪をひいたとおっしゃったでしょう」

「たいやき、買いに行ったときだ」

「そうです。あれがわざとらしくて……。私たちがその内に真相を突き止めるかもしれないと思って、自分へ嫌疑が向くように、わざとああ言われたんですわ」

「じゃ、先生、ご主人の罪をかぶるつもりだったのね」

「自分が犯人として死ぬおつもりだったんです。証拠になる品を自分のロッカーへ持って来て入れておいて……。もちろん、オーバーも硫酸も、他から手に入れたものです」

と香子は言った。「お辛かったろうと思いますわ。ご主人の異常な性向は、奥様が一番良くご存知だったでしょうから、最初から、ご主人が怪しいと思っておられたでしょう。それが、お湯を浴びて帰って来たことで決定的になったわけです。――悩んだあげく、自分が罪を着て死ぬ。それでご主人が立ち直ってくれたら、と思われたんですわ」

「でも、だめだった」

と真由子が言った。「気の毒ね。死ぬことなかったのに」

「死んじゃいないわよ」

と由利子が言った。

「ええ?」

真由子が目を丸くする。

「間一髪で抱き止めたのよ。――でも、ご主人に自首する機会を与えたいっていう先生の希望で亡くなったって嘘をついたんだけど、自首するどころか、またこうして……。入院する他ないでしょうね」

由利子はそう言って、パトカーに乗せられて、連行されて行く辻井の姿を眺めた。


「色々、ありがとう」

辻井浜子は、研究室へ入って来た三人へ、礼を言った。「あなた方にはとんだ迷惑をかけてしまったわ」

「そんなことといいんです」

と由利子が言った。「先生がお辞《や》めになるの、残念ですけど、仕方ないですね」

「ええ……。もっと早く、あの人を入院させておくべきだったわ。外見は男でも、あの人の中には女でありたいっていう心が潜んでいたのね。だから、美しい子に嫉妬して……。私も苦しんだけど、あの人も気の毒な人なのよ」

「離婚なさるんでしょう?」

と香子が言った。

「さあ、それは……」

「離婚なさるべきです。その方がお二人のためにいいと思います。先生も、これから幸せになれる方です」

香子が言うと不思議に説得力がある。辻井浜子はふっと、疲労の濃い顔に微笑を浮かべた。

「ありがとう。よく考えてみるわ」

――校庭へ出ると、由利子が言った。

「やれやれ、大変な事件だったわね」

「でも、解決したわよ。私たちの力でね」

と旭子が満足気に言うと、香子も加わって、

「ここはひとつ反省会を開くべきですわ」

「反省会？」

「ええ、つまり思い切り甘い物を食べる会、ってことです」

他の二人も反対のはずはなかった。――犯罪よりは、甘い物の方が身近な世代なのである。

# 解説

辻　真先

作者赤川次郎氏の名は、ここでぼくがくっちゃべらなくても、皆さんの方がよくご存知でありましょう。

なぞと書いては、解説役失格だな。

だいたい解説なんてガラではないぼくなので、赤川次郎と聞けば、

「あ！あのヒトの小説は面白い。『オール讀物』の推理小説新人賞に入選した『幽霊列車』、謎とトリックと人物と、三拍子そろってたのしかったな」

とか、

「『三毛猫』シリーズの探偵のユニークさは例を見んぞ」

とか、

「『ひまつぶしの殺人』の設定ほど、笑える趣向は近来マレ」

とか、

「サラリーマンものの、ちょいとひねった、それでいて舌ざわりのよさ、案外この作者は人のよさそうな顔をしていて、実は意地悪で、そのくせやっぱり気のいい人かもしれないな」

とか……口から唾を飛ばして語ることならいくらでもできるのですが、鹿爪らしく綜合的分析的学術的に論陣を張るなんて、とてもその任ではないのです。

ほら、ちょっとばかり小むずかしくて芸術ぽい文章などのあとは「鑑賞の手引」てのがくっついていたりするでしょう。ところが赤川氏の小説は、すんなり読めてやたら面白い。手引もへったくれもありやしません。なかには本屋の店先で、あれこれ選ぶのがめんどくさいもんだから、手っとり早く解説欄を立ち読みして、買うかやめるかきめようというヒトフン[註1]読者もいるので、あらかじめおことわりしておきますが、以下あくまで一読者としてのぼくの感想を申し述べます。まずタイトルがよろしい。

「青春共和国」かっこいいじゃないですか。

「鏡の中の悪魔」いかにもなにか出てきそうではありませんか。題名も小説の一部分である以上、そこに強烈な吸引力――磁場を必要といたします。赤川氏の作例でいえば「善人村の村祭」「上役のいない月曜日」「死者は空中を歩く」ｅｔｃ、雰囲気があって曰《いわ》くありげで……題名から小見出し、最後のどんでん返しにいたるまで、実にサービス精神旺盛であることは、いつも呆れ、感心しております。

タイトルの異質さは、それぞれの作品の内容に大きな差があることを暗示しているようです。

「青春共和国」は、ヒロインと悪役の追いつ追われつする、どちらかといえば冒険小説ふうの味で、全篇ヘリコプターから航空撮影したような快適なテンポで、つぎからつぎへと転換するシーンが、いっそ映画的テレビ的でさえあります。

これに対して、「鏡の中の悪魔」は、物語の舞台をどーんと主人公の学園に据え、そこに展開される事件を、からみあう人物の垣間からのぞいてゆこうという、犯人さがしの味濃厚な探偵小説。

サスペンスたっぷりという点はおなじですが、ほかの要素はむしろ対照的な——それゆえに、赤川作品のふたつの顔を一冊で読める、おトクな徳間文庫であります。[註2]おのずと作者の二面が出たというのは、察すれば一方が新聞、一方が雑誌という連載形態のちがいもあるのでしょう。近ごろの読者は、いつも尻に火がついてはね回っているようなテレビドラマに慣らされているので、気がみじかいこと夥《おびただ》しい。移り気な読者の興味をつなぎとめるのは、こりゃ大変な努力を要します。えらいなあ、赤川さんは！

あらら読者の感想のつもりが、同業者の感想になっちゃった。ことのついでに申し上げておきますと、どきどきハラハラがお好きな読者は、たとえば「鏡の中の悪魔」のロッカーの場面など、楽しみになすってください。ピンポン玉のころがるような軽快な筆さばきだけに、一旦ぎゅっと歯止めがかかり、場面の進行が渋滞し、どこからともなく不協和音がしのびこんでくると、読者の精神はたとえようもない軋《きし》みをおぼえるのです。

物語のテンポとメリハリ、緩急のすべを心得ているのは、赤川氏がシナリオ修行をされたことと、無縁ではないのかもしれません。

……ここでまた、ころっと読者の立場にもどって考えます。

ティーンむけのこうした小説を、ジュヴナイルと呼ぶようです。ぼくはティーンといっても老ティーンの部類でありますが、その割に読んだり書いたりしています。「若者の活字離れというのはうそで、活字が若者離れしたのだ」と、いつか書いたことがありますが、出版社も書店も、ジュヴナイルものに無知な一時期があったんじゃないでしょうか。その結果、若い読者は、書店にはいっても、コミックか情報誌の棚の前にしか立たなくなりました。書き手にしても、ジュヴナイルはあくまで片手間、おとなの世界で名が売れれば、若者むけなぞおかしくって、という風潮がありそうです。

吉川英治や江戸川乱歩の代表作には、れっきとしたジュヴナイルがはいります。海野十三や山中峯太郎の代表作の大半はジュヴナイルでありました。古いことをいうな、ですって？　たまにはおじんのいうことも聞きなさい。

だからぼくは、当代の売れっ子である赤川氏が、若い人むきのミステリーを書きつづける姿勢が、とても好きです。ほんものなんだな、と思います。

SF作家にはジュヴナイルのジャンルに代表作をのこした、あるいはのこしつつある人が大勢います——それがいま、SFが若い読者をつかんではなさない理由のひとつではないでしょうか。読者は、かれらが附焼刃《つけやきば》でないことを知っているんです。年よりが、というのは精神的な意味ですが、厚化粧して若向きにこしらえても、すぐ正体を見破られてしまいます。

ぼくはSFも好きで、ミステリーも好きです。だからSFに負けず、ミステリーの世界も、若者の襟髪《えりがみ》とってひきずり回すような、パワーにあふれた作品が、どんどん出てきてほしい、早く読みたいと思っているんです。は？　お前も書き手のひとりなんだから自分で書けとおっしゃるのですか。逃げ口上のようですが、ただいまは、読者の立場で書いておりますんで……

演説が過ぎたようです。

赤川氏の創造するキャラクター、「青春共和国」でいえば英子、純夫のコンビ、「鏡の中の悪魔」でいえば矢吹由利子などの、屈託なく明るい、ねばり強い、だが決して超人ではない、ごく当り前の女の子男の子のかもしだすさわやかさ。理屈ぬきに気分が良くなってしまいます。ひどく日常的なようでいて、実はその日常にフィルターをかぶせた人物像。いそうでいないがいてほしい、そんな主人公たちの活躍が、物語に甘さを添えるのです。

実をいうと、赤川氏のミステリーは、ひと筋縄でゆかないところがあります。ほのぼのびやかな描写に心くつろいでいると、突如！　崖から突き落されるようなショックを受けることしばしばです。ハッピーエンドを期待する読者に足ばらいを食わせたり、異様な犯人像を血のしたたるまま掌《てのひら》にのせて読者の前へにゅっと突き出したり。

平凡なはずの日常が、ひと皮めくれて、想像を絶した変貌を見せる。「鏡の中の悪魔」の真犯人は、さしずめその典型でありましょう。

その点に関するかぎり、赤川次郎氏は、決してミルク色した甘美な夢の仕掛人ではありません。現実をななめに截《き》り取って、その截り口をじっとみつめるリアリスト。

読者のみなさん、どうか油断なさいませんように。

蛇足をつけくわえると、やはり「鏡の中の悪魔」にあらわれる、弘野香子という少女は魅力的ですね。関係ないけど吾妻ひでおのマンガに「美美」というのがありまして、世にもノーブルなスケバンなんですが、そのヒロインを思い出しました。あそばせことばを駆使しながら、犯人をお突き留めになる手際は、参った参った。

表題作「青春共和国」についての、蛇足パート2。ミステリーに謎はつきものですが、犯人はだれか、なんて謎はあたり前。読む者を、「あれっ」「おやっ」と思わせるふしぎさこそ、ミステリーのセールスポイントでありましょう。共和国への飛行機の中で眠りこんだ純夫が、はっと気がつくと英子の家だったという場面。一瞬そんなバカな、といいたくなる面妖さを、アクション主体の物語にちゃんと組みこんでいるあたり、赤川氏らしいサービスです。

もうひとつ、新聞連載の最終回にあたるシーンに、だめ押しの活劇がはいっているのもさすがですね。これまた関係ないけれど、映画の「００７」シリーズが、大クライマックスのあとにきまって別冊ふろく的ヤマ場を用意しているのを思い出しました。エンタテインメントは、こうでなくては。

……これが読者のぼくの感想です。どうかみなさんも、お読みになったあとの感想を、ぼくのそれとくらべてください。ぼくは教師でも上役でもないから、レポートにして提出しろとはいいません。みなさんが、より多くより深く、赤川ミステリーをたのしめますように。

一九八一年四月

註1　人の褌《ふんどし》で相撲をとるの略記
註2　ゴマすりのつもりらしい

本書は１９８１年５月徳間文庫として刊行されたものの新装版です。なお、本作品はフィクションであり実在の個人・団体などとは一切関係がありません。

本書のコピー、スキャン、デジタル化等の無断複製は著作権法上での例外を除き禁じられています。本書を代行業者等の第三者に依頼してスキャンやデジタル化することは、たとえ個人や家庭内での利用であっても著作権法上一切認められておりません。

徳間文庫

青春《せいしゅん》共《きょう》和《わ》国《こく》

〈新装版〉

© Jirô Akagawa 2016

2016年1月15日 初刷

著者 赤《あか》川《がわ》次《じ》郎《ろう》

発行者 平野健一

東京都港区芝大門二―二―二〒105―8055

発行所 株式会社徳間書店

電話 編集〇三(五四〇三)四三四九
販売〇四八(四五一)五九六〇

振替 〇〇一四〇―〇―四四三九二

印刷 凸版印刷株式会社

製本 株式会社宮本製本所

ISBN978-4-19-894052-2 (乱丁、落丁本はお取りかえいたします)

## 徳間文庫の好評既刊

赤川次郎

**死者は空中を歩く**

警察から逃げている犯罪者、借金取りに追われている保険外交員、少女を襲いかけた男、会社の金を横領したサラリーマン。逃亡中の四人を呼び出したのは〝総ては金で買える〟と思っている万華荘の主人千住《せんじゅ》。千住は「私を殺してほしい」と依頼。そんな折、警察へ「千住が殺された」と通報が入る。しかし現場へ駆けつけた刑事は娘から奇妙な証言を聞く。「父は生きています」。一体どうなっているの？